GÜNTER DIESEL

Glühwürmchen und Lyonerratten

Acht Geschichten In "Platt" übersetzt in Hochdeutsch

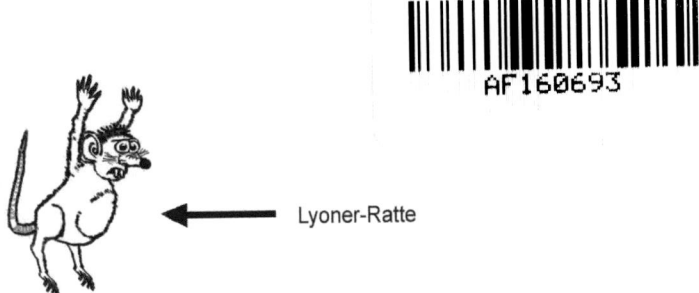

Lyoner-Ratte

Ei de Deiwel soll disch holle!

GÜNTER DIESEL

Glühwürmchen und Lyonerratten

Aus dem Leben des Kurt

Gliehwirmschà unn Lyonàradde

Was de Kurt so erlääbd hadd

Geschrieb uff Saarlännisch
(Rheinfränkisch)
und
übersetzt ins Hochdeutsche

2016, 3..Ausgabe,

Herstellung und Verlag: BoD – Books on Demand, Norderstedt

Umschlagentwurf: G. Diesel

© Günter Diesel

Autor - Kontakt: heiro41@web.de

ISBN 9783739215884

Inhalt

Vorweg gesagt   Seite   5
Lesehilfe   Seite 212
Der Autor   Seite 214

Saarlännisch   linke Seite | Deutsch   rechte Seite

Saarlännisch	Seite	Deutsch	Seite
1. Die Gliehwirmschà	**6**	Die Glühwürmchen	**7**
Kapitel: E' Orgie	8	Die Orgie	9
Uff dà Pirsch	16	Auf der Pirsch	17
Voll denääwe	20	Voll daneben	21
Die Zeigin	32	Die Zeugin	33
Uffglärung	34	Aufklärung	35
2. Kreizschmerze	**40**	Kreuzschmerzen	**41**
Kapitel: Madratzekaafe	46	Matratzenkaufen	47
'S werrd ernschd	50	Es wird ernst	51
Umgefall	56	Die Wende	57
Ze schbääd	60	Zu spät	61
3. Bruschdsause	**68**	Brustsausen	**69**
Ganz peinlisch	78	Ganz peinlich	79
4. Madratzeliefàrung	**86**	Matratzenlieferung	**87**
Kapitel: Iwwàraschung	90	Überraschung	91
Schangselos	92	Chancenlos	93
Blanlos	100	Planlos	101
Meewelzòres	106	Möbelfrust	107
Albdrääm	116	Albträume	117
Neijes Bedd	122	Neues Bett	123
Mondaasch	130	Montage	131
Abschdòrz	148	Absturz	149
5. Schamaikalyonà	**154**	Jamaikafleischwurst	**155**
Kapitel: Inschenjörsuffgab	158	Ingenieursaufgabe	159
Ab gehd's	164	Auf geht's	165
Neij Freindin	172	Neue Freundin	173
Drama	178	Drama	179
6. Selmas Grumbiere	**188**	Selmas Kartoffeln	**189**
Kapitel: Nòòdelschdische	194	Nadelstiche	195
7. Schukrutt – wie gudd	**204**	Choucroute wie gut	**205**
8. Saarland *(Gedischd)*	**208**	Saarland (Gedicht)	**209**

Vorweg gesagt (vòrwägg gesaad)
Hochdeutsch ist die erste Fremdsprache, die ich erlernte. Und dennoch ist es für mich einfacher, in dieser „Fremdsprache" zu schreiben als in meiner saarländisch-rheinfränkischen Muttersprache.
Da es – z.B. im Gegensatz zum Luxemburgischen – keine offizielle Grammatik für rheinfränkisches Saarländisch gibt, versuchte ich die Akustik des an meinem Wohnort gesprochenen Wortes mit Buchstaben „nachzumalen". *Isch schreiwe also so wie mà de Schnawwel gewachs ìss.*
Das erfordert Erfindergeist und mag bei anderen muttersprachlichen saarländischen Autoren - etwa denen des saarl. Moselfränkischen - zu anderen Ergebnissen führen. So kommt es durchaus unter den „Fachleuten" zu Diskussionen darüber, wer nun richtiges Saarländisch schreibt. Es gibt kein einheitliches Saarländisch, aber jeder/jede ist überzeugt davon, seine Muttersprache wäre die richtige.
Das Lesen im Dialekt fällt nicht nur den Leuten *„aus 'em Reich"* schwer, auch für Saarländer ist das Lesen ihrer Muttersprache oft nicht einfach. Auch sie sind an das hochdeutsche Schriftbild und die geläufigen, darin festgelegten Ausspracheregeln gewöhnt.
Um diese Schwierigkeiten zu überwinden, habe ich eine parallele Text-Übersetzung vorgenommen und gebe am Ende des Buches eine Lesehilfe.
Ich widme dieses Buch meiner Mutter Klara, die mich sprechen gelehrt hat, und zwar so, wie es hier auf den geraden, linken Buchseiten geschrieben steht. Dasselbe steht, übersetzt ins Hochdeutsche, rechtsseitig.
Viel Spaß beim Lesen dessen, was der Saarländer Kurt und seine Frau Hilde erlebten.
Günter Diesel, 17.4.2015, dem Geburtstag von Frederik.

1. Die Gliehwirmschà

Es war an e'me schbääde Juliòhmend. Die Lufd war schwiehl unn gewiddrisch. De ganze Òhmend hadd de Kurt emm Gaade geschaffd. Er hodd digge Sandschdäänbrogge uffenannà gesetzd. De Kurt wolld nämlisch noch e Felswand um sei Feischdbiotob aanlehje. Alles solld so aussiehn wie ìnn dà Vogese. Wo er als hinn wannare gehd. So medd Wassàfall unn Tannebäämschà drummerumm.
Fà die Bròggge ze bewehje, hadd'à e Bräschschdang unn e paa Rundhälzà gehadd.
An demm Òhmend war's noch lang hell. Unn es war noch scheen warm gewehn. Mà konnd draußße noch gudd schaffe. De Kurt hodd bei der Aawed aach nedd vill aan. Nuà e paa alde Sandale unn e kòrzi Bux. Trotzdemm ess'm die Brieh zwische dà Schullàblädda runnà bis ìnn die Graddel geloff.
So gehje halb elf hann sisch sei Bandscheiwe gemelld. Dòh hadd de Kurt graad die Bräschschdang falle gelossd unn saad sisch: „Schluss, sunschd grisch'de's wìddà enn's Kreiz. Unn dann schelld deins wìddà medd'à."
Dass ääs noch saan dääd: „Ja, für so ein Zeug, da legst du dich krumm, und alles andere lässt du wieder liegen", das war'em Kurt die Vogese ìnn seim Gaade aach nommòh nedd werd.
Langsam ess'es aach duuschdà wòr. Er wolld sowieso graad ìnn de Kellà gehen, fà sisch e Flasch Bieà ze holle. Awwà e Liddà-Bomb, so e Dòrschd hadd'à gehadd. 'S war jòh aach kä Wunnà, bei der Aawed unn'rà Hitz wie ìnn Afriga. Midd denne Häwelle unn Hälzà die Felsbròggge e'rum ze schubse, dòh ess de Kurt sisch sowieso vòrkumm wie ìnn Afriga am Nil. Wie e aldà Ägibdà beim Piramidebau.

Die Glühwürmchen

Es war an einem späten Juliabend. Die Luft war schwül und gewittrig. Während des ganzen Abends arbeitete Kurt im Garten. Er hatte dicke Sandsteinfelsen aufeinandergesetzt. Kurt wollte nämlich noch eine Felswand um sein Feuchtbiotop anlegen. Alles sollte so aussehen wie in den Vogesen, wo er öfters zum Wandern hinfährt. So mit Wasserfall und Tannenbäumchen drumherum.
Um die Felsen zu bewegen, benutzt Kurt eine Brechstange und ein paar Rundhölzer. An dem Abend war es noch lange hell, und es war noch schön warm gewesen. Man konnte so spät auch außer Haus noch gut arbeiten. So hatte Kurt bei der Arbeit nicht viel Kleidung an. Nur ein Paar alte Sandalen und eine kurze Hose. Trotzdem lief ihm der Schweiß zwischen den Schulterblättern hindurch bis in den Schritt.

Gegen halb elf Uhr hatten sich seine Bandscheiben bemerkbar gemacht. Da ließ Kurt umgehend die Brechstange fallen und sagte sich: „Schluss, sonst bekommst du wieder Kreuzschmerzen und dann schimpft deine Frau nochmal mit dir."
Dass Sie am Ende auch noch sagt: „Ja, für so ein Zeug, da legst du dich krumm, und alles andere lässt du wieder liegen", das waren Kurt die Vogesen in seinem Garten nun doch nicht wert.
Langsam wurde es auch dunkel. Er wollte sowieso schon in den Keller gehen, um sich eine Flasche Bier zu holen. Aber eine „Liter-Bombe", so einen Durst hatte er. Das war ja auch kein Wunder, bei so einer Arbeit und einer Hitze wie in Afrika. Mit Hebeln und Hölzern die dicken Felsen herumzuwuchten, da kam Kurt sich sowieso vor, als wäre er in Afrika am Nil. Wie ein alter Ägypter beim Pyramidenbau.

Wie de Kurt dann fà das Bieà ìnn de Kellà dòrsch sei Gaade gang ess, hadd'à eerschd mòhl gesiehn, was dòh los war! Beim Bròggewälze hadd'à das garnedd so meddgrìdd. Dort war's jòh graad wie ìnn e'me oriendalische Zaubàgaade. Gudd, ìnn dà Vogese hodd de Kurt das aach schunn mòhl gesiehn, Awwà ìnn seim Gaade?! Iwwàall, ìnn dà Hägge unn iwwà dà Wies war alles vollà Gliehwirmschà. Iwwàall klääne leischdende Schdernschà uff dà Reise dòrsch sei Gaade! De Kurt war baff! Er saad sisch. „Okay – Romantik hinn, Romantik hää, jetzd ze'eerschd mòhl das Bieà!" Die Kellàdijà hadd jòh noch uff geschdann unn de Kurt hadd nedd misse owwe rum iwwà die Terrass dòrsch die Wohnung ìnn de Kellà gehen. Er also ab unn vumm Gaade direggd ìnn de Kellà an de alde Kiehlschrank unn die Flasch geholl. Medd der Bomb ess er dann die Gaadedrebb e'ruff unn hadd sisch gemiedlisch uff die Terrassebank gesetzd. Es war schunn elf Uhà, awwà noch zu frieh fà ìnn's Bedd ze gehen. Sei Fraa, 's Hilde, war jòh aach noch nedd dehemm. Die war nämlisch tòrne. Bessà gesaad, zu der Zeit dirfd die graad bei dà gastronomischen Gymnastik gewehn sìnn. De Kurt konnd sisch also Zeit losse, Er dengkd: „Dòh loss isch misch doch nedd lumbe isch gänn mà jetzt die Bombe"!

E' Orgie!.
Dann hadd'à die Bääm vunn dà Bank geschdeggd unn denne Gliehwirmschà unne ìmm Gaade zugeguggd. Es war wie ìmm Märsche. Es ess'm ìmmà wärmà ums Herz wòr. Was wolld er noch meh! E' scheenà Sommàòhmend uff seinà Terrass, mìdd Gliehwirmschà ìnn dà lauen Luft unn à'rà Flasch Bieà ìnn dà Hand. Pròschd! „Schaad, dass es Hilde so lang uff sisch waade lossd", hadd'à gedengkd.

Als Kurt durch seinen Garten in Richtung Keller ging, sah er zum ersten Mal, was dort los war! Beim Felsenwälzen bekam er das gar nicht recht mit. In seinem Garten ging es ja gerade zu wie in einem orientalischen Zaubergarten. Gut – in den Vogesen hatte Kurt das auch schon mal gesehen, aber hier, in seinem Garten?! Überall, in den Hecken und über seiner Wiese, war die Luft voller Glühwürmchen. Überall kleine leuchtende Sternchen auf der Reise durch seinen Garten! Kurt war verblüfft! Da sagte er sisch „Okay, - Romantik hin, Romantik her, zunächst hole ich mir mal das Bier!"
Die Kellertüre stand ja noch offen und Kurt musste nicht oben herum über die Terrasse und durch die Wohnung in den Keller gehen. Kurt ging also vom Garten sofort in den Keller an den ausgemusterten Kühlschrank um sich die Flasche zu fassen.
Mit der „Bombe" ging er dann die Gartentreppe hinauf und setzte sich gemütlich auf die Terrassenbank. Es war schon 11 Uhr, aber noch zu früh, um zu Bett zu gehen. Seine Frau, die Hilde, war ja auch noch nicht zu Hause. Sie war nämlich zum Turnen. Besser gesagt, zu der Zeit dürfte sie gerade bei der gastronomischen Gymnastik gewesen sein. Kurt konnte sich Zeit lassen. Er dachte: „Da lass ich mich nicht lumpen und gönne mir die „Bombe".

Die Orgie
Dann streckte er die Beine von der Bank und schaute den Glühwürmchen unten im Garten zu.
Es war wie im Märchen. Es wurde ihm immer wärmer ums Herz. Was wollte Kurt noch mehr! Ein schöner Sommerabend auf seiner Terrasse, mit Glühwürmchen in der lauen Luft und einer Flasche Bier in der Hand. Prost! „Schade, dass meine liebe Hilde so lange auf sich warten lässt", dachte er.

Awwà gudd, wer wääß was bassierd wää, wenn s'e dòh gewehn wää? De Kurt war graad so ìnn Schdimmung, er hädd mìdd der noch Haschmisch ìmm Gaade geschbield. So wie die Gliehwirmschà medd-'e'nannà. Wie er, ganz ìnn Gedangke, denne Kääfà ìmm Liebestaumel bis ìnn's Gebisch nòh geguggd hodd, ess'em äbbes uffgefall. ìnn denne Nòhbarsgärde hadd de Kurt garkänn Gliehwirmschà gesiehn! Sollde die sich villeischd nuà ìnn seinem Gaade wohlfiehle? Weil de Kurt seinà ökologisch, das heischd mìdd Felse unn Nadurzeisch, aangeleed hodd? Ääwe so wie's am Lac Vert ess, unn nedd so „universell", wie's ìnn dà äänschläschische Gaade-Kaddalooch ze siehn ess! Dass hodd'em Kurt dann awwà doch känn Ruh gelossd. Liebesdolle Gliehwirmschà nuà ìnn seim Gaade? Wie ein Luchs hodd er jedi Hägg ìnn seinà Nòhbarschafd ausgeschbähd. Nix war ze siehn!
„Vàdammd, soll isch dann schunn Bieàschaum vòr dà Aue hann!?" fròhd er sisch. Blätzlisch ess'em de nägschde Schlugg aus dà Flasch fàschd ìmm Sunndaachshälsje schdegge geblieb! Unn zwar, als'à vunn seinà Terrass aus runnà ìnn's Daal geguggd hadd. Unne an dà Haubdschdròòß, nääwe demm äänzelne Haus ìnn dà Kurv, dòrd wo der Bierebaam schdehd, danzde doch dausende Gliehwirmschà uff äänem Haufe ìnn dà Luft rum!

Aber gut, wer weiß, was geschehen wäre, wenn Hilde dagewesen wäre? Kurt war gerade so in Stimmung, er hätte mit ihr noch „Haschmich" im Garten gespielt. So wie die Glühwürmchen miteinander.
Als er, ganz in Gedanken versunken, den Käfern im Liebestaumel bis ins Gebüsch nachschaute, fiel ihm etwas auf. In den Nachbargärten sah Kurt garkeine Glühwürmchen! Sollten diese sich vielleicht nur in seinem Garten wohlfühlen? Weil er seinen ökologisch, das heißt mit Felsen und Natur-Materialien, gestaltet hatte? Halt eben so, wie es in den Vogesen, am *Lac Vert*, aussieht und keinesfalls universell, so wie es in einschlägigen Garten-Katalogen zu sehen war.
Das ließ Kurt dann aber doch keine Ruhe. Liebestolle Glühwürmchen nur in seinem Garten? Wie ein Luchs spähte er jede Hecke in seiner Nachbarschaft aus. Nichts war zu sehen! „Verdammt, sollte ich denn schon Bierschaum vor den Augen haben?", zweifelte er. Plötzlich blieb ihm der nächste Schluck aus der Flasche fast im „Sonntags-Hälschen" (Kehle) stecken, als er von seiner Terrasse aus ins Tal hinunterschaute. Unten an der Hauptstraße, neben dem einzelnen Haus in der Kurve, vor dem ein Birnbaum stand, tanzten doch tausende Glühwürmchen in einer großen, grün-gelb schillernden Wolke in der Luft umher!

E großi, grien-gääl schillàndi Wolk war ze siehn "Donnàweddà! Dausende vunn liebesdolle Gliehwirmschà", saad er ganz pladd. Es hodd graad so aus gesiehn, als hädde die sich vunn iwwàall – aussà aus seim Gaade – zur Hochzeits-Orgie dord hinngezòh. Er war devunn iwwàzeischd, dass das e äänmòhlisches Nadurphänomeen ess.
Haschdisch hadd er die Bomb läär gemachd unn hadd s'e vòrsischdisch nääwe die Bank geschdelld. Zefòrd wolld de Kurt jòh runnà uff die Haubdschdròòß renne, um das alles aus näägschdà Näh ze siehn, awwà dann hodd'à gemennd das wird doch ze lang dauàre bis er dort unne ess. Am Änn wäre die Glieh-wirmschà schunn wägg, bis er unne aankumm wää. Unn aussàdemm konnd er jòh nedd äänfach so wägg-renne, er hadd doch ze'eerschd noch die Kellàdijà zu-mache misse, die uffgeschdann hodd. Schließ-lich konnd mà jòh naachds nedd äänfach aus'em Haus renne unn die Diere uffschdehn losse. Wenn's Hilde dòh zwischedòrsch hemm komm wää? Wie solld er demm dann beibringe, dass er alles uffschdehn gelossd hädd, nuà wehje e paar Inseggde unne uff dà Haubdschdròòß? Unn dass aach noch kòrz vòr 12 Uhr naachds! Die hädd garandierd Zòòres gemachd. Eerschd reschd, wenn s'e die groß, läär Flasch nääwe dà Bank gesiehn hädd. Aach wenn s'e selwà Ännà gedrungk gehadd hädd.
Dòh hodd de Kurt e Idee gridd fà nòh denne Gliehwirmschà ze gugge. "Isch fahre doch bessà medd'em Audo runnà uff die Schdròòß. Dann bìnn isch medd'em Audo aach schnell wìddà owwe", saad'à sisch. Die Audoschlissel hodd de Kurt noch ìnn dà Bux gehadd. Weil er vòrhää jòh denne Waacheheewà aus'em Audo gehoII hodd.

Eine große. grün-gelb schillernde Wolke war zu sehen „Donnerwetter! Tausende von liebestollen Glühwürmchen", sagte er erstaunt. Es sah gerade so aus, als hätten sie sich von überall – außer aus seinem Garten – dort zur Hochzeit-Orgie versammelt. Er war davon überzeugt, daß das ein einmaliges Naturphänomen sei. Hastig machte er die Bombe leer und stellte sie vorsichtig neben die Bank.

Zuerst wollte Kurt ja zur Hauptstraße runterrennen, um sich das mal aus nächster Nähe anzusehen. Aber dann dachte Kurt, das würde doch zu lange dauern, bis er dort unten ankäme. Am Ende wären die Glühwürmchen schon weggeflogen, bis er unten wäre. Und außerdem konnte er ja nicht so einfach wegrennen, er musste doch zuerst noch die offene Kellertüre schließen. Schließlich konnte man ja nachts nicht einfach aus dem Haus rennen und die Türen offenstehen lassen. Wenn die Hilde dann zwischendurch nach Hause gekommen wäre! Wie sollte er ihr denn beibringen, dass er, nur wegen ein paar Insekten unten auf der Hauptstraße, alles offenstehen ließ? Und das auch noch kurz vor 12 Uhr nachts! Sie hätte garantiert Terror gemacht. Erst recht, wenn sie die große, leere Flasche neben der Bank gesehen hätte. Auch wenn sie selber „Einen" getrunken hätte.
Dann hatte Kurt eine Idee, um sich die Glühwürmchen näher anzusehen: „Ich fahre doch besser mit dem Auto runter auf die Straße. Mit dem Auto bin ich auch schnell wieder oben!"
Die Autoschlüssel hatte Kurt noch in seiner Hose, weil er ja zuvor den Wagenheber aus seinem Auto heraus genommen hatte.

Denne hadd de Kurt nämlisch gebrauchd, um die Felse e bisje aanzeheewe, dass'à die Rundhälzà iwwàhaubd unnà die Felse schiewe konnd. Denne Schlissel hodd de Kurt also schunn mòhl, dòh hadd'à nìmmeh medd denne dräggische Laadsche ìnn die Wohnung laafe misse. „Awwà schdobb – mei Fiehràschein!", ess'es'em enngefall. Jetzt missd de Kurt jòh wehje demm Labbe doch noch ìnn die Wohnung!
„Quatsch, isch fahre ohne. Es ess jòh nuà e Katzeschbrung bis unne hinn, unn so schbääd werrd die Polizei aach nìmmeh unnà-wääschs senn", saad er sisch. Also los! Nää – er schdobbd nommòh! So halb naggisch, wie er war, konnd er jòh nedd naachds gehje zwölf medd'em Audo uff dà Haubdschdròòß e'rum fahre. Wenn'e äänà so gesiehn hädd, hädd der de Kurt am Änn noch als modorisierdà Flitzà aangezeid. Dòh muschd de Kurt sisch doch noch äbbes driwwàziehe. Also ess'à schnell vunn dà Terrass die Gaadedrebb e'runnà unn nommòh dòrsch die Kellàdijà ìnn die Wäschkisch geloff. Dort hann e paar alde Klamodde vunn ihm unn seim Schwiehjàfaddá Willm gehòng, die s'e als fà ìnn de Gaade aanziehje.

Den brauchte er nämlich, um die Felsen etwas anzuheben, damit er die Rundhölzer überhaupt unter die Felsen schieben konnte. Den Schlüssel hatte Kurt schon mal, also musste er nicht mehr mit den schmutzigen Sandalen in ihre Wohnung laufen.
„Aber stopp – mein Führerschein!", fiel es ihm ein. Jetzt musste Kurt ja wegen dem „Lappen" doch noch in die Wohnung! „Quatsch, ich fahre ohne. Es ist ja nur ein Katzensprung bis unten hin, und so spät wird die Polizei auch nicht mehr unterwegs sein", sagte er sich. Also los!
Nein – er stoppte nochmal! So halbnackt, wie er war, konnte er ja nicht nachts gegen 12 Uhr mit dem Auto auf der Hauptstraße umherfahren. Wenn ihn jemand so gesehen hätte, hätte der ihn am Ende noch als motorisierter Flitzer angezeigt. Da musste Kurt sich doch noch etwas überziehen.
Schnell lief er von der Terrasse aus die Gartentreppe hinunter und nochmal durch die Kellertüre in die Waschküche. Dort hingen ein paar alte Kleider von ihm und seinem Schwiegervater Willm, die sie normalerweise zur Gartenarbeit anzogen.

Fà aus'em Haus ze gehen, war dort eischendlisch nix Vànifdisches ze siehn. Heegschdens die ald, gääl Räänkeeb vumm Willm unn emm Kurt sei aldà Lammfellparka wäre was gewehn. De Kurt hodd sisch fà denne Parka endschied. Weil der villmeh abdäggd. Em Oba sei gääle Ding uff dà naggisch Haut? Nää! Das hädd'ne villzevill gekälzd. Wo er doch so geschwitzt war. „Dann schunn liewà das Lammfell. Aach wenn's noch femfezwanzisch Grad draußwe ess. Liewà vàlaaf isch, als dass isch mià wehje e paar Gliehwirmschà noch die Frägg holle dääd", saad er sisch. Medd demm Parka uff'm Leib ess er dann zimmlisch schnell vòr's Haus geloff, wo sei Audo noch vòr dà Karaasch geschdann hadd. Mensch – wenn ännà dòh de Kurt gesiehn hädd! Emm Parka – wo die naggische Bään unnedrunnà e'rausgugge. Der hädd beschdimmd gemennd de Kurt wär e Eskimo, der ìnn Grönland abgehau wäà, weil'à bei der Käld dòrd die Bux vàlòà hodd. Oddà weil'à ìnn dà Jesuslaadsche ìmmà de Schnee zwische die Zeewe gridd hädd.

Uff dà Pirsch
Au Bagge, was war das noch e Bullehitz ìnn demm Karre! Dòh hodd de Kurt ze'eerschd mòhl all Scheiwe runnàgedrähd. Dann ess'à zwä mòhl um die Egg gefaah, unn schunn war er unne uff dà Haubdschdròòß. Kaum dass er unne war, hodd er nòh denne Gliehwirmschà geguggd. Aus'em Audofennschdà raus. De Kurt ess extra langsam gefaah, konnd awwà känn äänzisches Gliehwirmschà enndägge. Die äänzische Lääweweese, die er schunn von weidem gesiehn hadd, ware e Dutzend alde Weibsleid. Die Weiwà hodde all ihjà Kischeschdiehl meddgebrung unn sich bei Baggese uff's Troddwar gesetzd. Dort ess'es Troddwar nämlisch e bisje bräädà.

Um aus dem Haus zu gehen, hing dort eigentlich nichts Geeignetes. Höchstens das alte Regencape von Willm und Kurts alter Lammfell-Parka wären dazu geeignet gewesen. Kurt entschied sich für den Parka; weil der mehr verhüllte. Opas gelbes Cape auf der nackten Haut? Nein! Das hätte ihn dann doch sehr gefröstelt. Wo er doch so nassgeschwitzt war. „Dann doch besser das Lammfell. Auch wenn's draußen noch fünfundzwanzig Grad warm ist. Lieber zerfließe ich, als dass ich mir wegen ein paar Glühwürmchen noch eine Erkältung zuziehe", sagte er sich. Mit dem Parka auf dem Leib lief Kurt dann sehr schnell vors Haus, wo sein Auto noch vor der Garage stand.

Mensch – wenn ihn da jemand gesehen hätte! Im Parka – unter dem die nackten Beine herausschauten. Der hätte bestimmt gedacht Kurt wäre ein Eskimo, der aus Grönland geflüchtet wäre, weil er bei der Kälte dort die Hose verloren hatte. Oder weil er in den Jesus-Sandalen immer Schnee zwischen den Zehen hatte.

Auf der Pirsch
Au verdammt, in der Karre war aber noch eine Bullenhitze! Da musste Kurt zunächst mal alle Scheiben runterdrehen. Dann fuhr er zweimal um die Ecke, und schon war er unten auf der Hauptstraße. Kaum dass er unten war, schaute er sich nach den Glühwürmchen um. Aus dem Autofenster heraus. Kurt fuhr besonders langsam, konnte aber kein einziges Glühwürmchen entdecken. Die einzigen Lebewesen, die er schon von weitem gesehen hatte, waren ein Dutzend alte Weiber! Alle Damen hatten ihre Küchenstühle rausgetragen und sich vorm Wohnhaus Backes auf den Gehweg gesetzt. Dort ist der Bürgersteig nämlich etwas breiter als üblich.

Das war genau dòrd, wo uff dà annà Seid der Bierebaam geschdann hadd, vòr demm de Kurt, vunn seinà Terrass aus, die Gliehwirmsches-Vàsammlung gesiehn hodd. Die Weiwà hann beschdìmmd nommòh iwwà de ganze Ägge gerädschd. Villeischd hodde se aach nuà uff ihjà Alde gewaad. Bei demm Weddà ware die garandierd noch bei der äänarmisch „Abendgymnastik" – so wie's Hilde.

„Au vàdammd! Hoffendlisch ess'e noch nedd dehemm", ess'es'em dòrsch de Kopp gang. Vòr laudà Gliehwirmschà hodd de Kurt jòh doch vàgess die Kellàdijà zu ze mache. „Egal", dengkd er sisch, „jetzt bìnn isch ze'eerschd mòh dòh unne uff dà Haubdschdròòß!"

Als de Kurt demm Gliehwirmsches-Bierebaam ìnn der Kurv nähjà komm ess, senn die Weibsleid ruhisch wòr unn hann nòh sei'm Audo geguggd. Das war eischendlisch ganz grundlos, weil de Kurt ganz normal gefaah ess. Nedd geraasd unn nix. Unn aach nedd, dass er nòh denne Fraue geguggd gehadd hädd. Die hann ihne nischd die Bohne ìndressierd. Die Weiwà wollde awwà beschdimmd wisse, wer ìnn demm Audo drìnnschdeggd, das dòh so langsam die Schdròòß hochgekurvd komm ess. Ìnn garkäänem Fall wolld de Kurt gesiehn gänn!

Also hadd er schnell de Kopp e bisje runnà gemachd. Schließlisch hadd er jòh nedd graad vàdrauenswìrdisch ìnn demm Gammlà-Parka ausgesiehn. Nòhjà, das Audofahre ìss medd'em Kopp nòh unne dann doch e bisje schwierischà wòr. Awwà es war jòh nìmmeh weid bis an denne Bierebaam.

Er hadd faschd blind gelengd wussd awwà: „Wenn die neigierische Weiwà rechts uffdauche unn links der Baam, dann misse owwe, iwwà dà Schdròòß, die Gliehwirmschà danze."

Das war genau dort, wo auf der anderen Seite der Birnbaum stand, vor dem Kurt von seiner Terrasse aus die Glühwürmchen-Versammlung gesehen hatte.

Die Frauen zogen bestimmt nochmal über die ganze Nachbarschaft her. Vielleicht warteten sie auch nur auf ihre Männer. Bei dem Wetter waren die Herren garantiert noch bei der einarmigen „Abend-Gymnastik"– ebenso wie Kurts Frau Hilde.
„Au verdammt! Hoffentlich ist sie noch nicht zu Hause", ging es ihm durch den Kopf. Vor lauter Glühwürmchen hatte er ja doch vergessen die Kellertüre zu schließen. „Egal", dachte er, „jetzt bin ich zuerst mal hier, unten auf der Hauptstraße!"
Als Kurt dem Glühwürmchen-Birnbaum in der Kurve näher kam, wurden die Weibsleute still und schauten nach seinem Auto.
Das war eigentlich ganz grundlos, weil Kurt ganz normal gefahren war. Nicht gerast oder sonst etwas. Nach den Frauen schaute er auch nicht. Die interessierten ihn in keinem Falle. Andererseits wollten die Weiber aber brennend gerne wissen, wer in dem Auto steckte, das da so langsam die Straße hochgekurvt kam.
In gar keinem Fall wollte Kurt gesehen werden! Also senkte er schnell seinen Kopf ein wenig. Schließlich sah er in dem Gammler-Parka doch nicht grade vertrauenswürdig aus.
Mit einem nach unten gesenkten Kopf wurde das Autofahren dann leider etwas schwierig. Aber es war ja nicht mehr weit bis zum Birnbaum.
Fast blind steuernd wusste er nur: „Wenn die neugierigen Frauen rechts auftauchen und links der Baum, dann müssten oben, über der Straße, die Glühwürmchen tanzen."

Wenn de Kurt die Gliehwirmschà siehn wolld, hädd er links aus'em Audofennschdà vunn unne, aus dà Vàsengkung raus, e Hals wie e Giraff mache misse. Das wär garandierd uffgefall. Bei der Vàrengung, hädde die Fraue beschdimmd eerschdreschd nòh'm geguggd. Es war wie vàhexd. Vàdammd, was soll'à jetzt nuà mache?
Geisdesgehjewerdisch hadd er reagierd, hadd sisch die Kabutz vunn demm Parka iwwà de Kobb gezòh unn sisch rischdisch graad hinngesetzd.
So ess'es dann Gang.
Medd der Kabutz iwwàm Kobb konnde die Weibsleid 'ne nìmmeh erkenne! Er hodd links rausgeguggd, awwà soweit de Kurt aach die Aue uffgeriss hadd, vunn denne Gliehwirmschà war nix zu siehn! Nix! Als wenn s'e vumm Erdbòddem vàschwunn gewehn wäre.
„Sollde die inzwische villeischd wehje dem laude, giggelische Weiwàgequadsch abgehau senn?"
„Bleede Rätschbase!", hodd de Kurt graad gefluchd, hadd's aach schunn gerummsd!
Vòr laudà Links-nòh-òwwe-gugge, ess er doch medd'em reschde Vòrdàraad vunn seim Karre e bisje de Bòrdschdään hochgefahr! Ausgereschned dort, wo die ald Baggese unn das Rot vunn nääwedraan gesetzd hadd!

Voll denääwe!
Dòh war awwà de Deiwel los! E riese Balawà hann die Dame gemachd. Es äänzische was de Kurt dòhdevunn vàschdann hadd, war: "Besuffnà Gammlà, – vàlausdà."
„Nix wie wägg. Ab um die Kurv unn aus'em Gesichtsfeld vunn denne Weiwà raus." saad de Kurt sisch. Unn als'à um die Ägg war, hadd er sefòrd mòhl aangehall unn dief Luft geholl.

Wenn Kurt die Glühwürmchen sehen wollte, hätte er also von unten, aus der Versenkung heraus, einen Hals wie eine Giraffe machen müssen. Das wäre dann allerdings garantiert aufgefallen. Bei so einer Verrenkung hätten die Frauen bestimmt erst recht nach ihm geschaut.
Es war wie verhext! Verdammt, was sollte er nun machen? Geistesgegenwärtig reagierte er, zog sich die Kapuze des Parkas über den Kopf und setzte sich aufrecht hin.
So ging es dann. Mit der Kapuze über dem Kopf konnten die Frauen ihn nicht mehr erkennen!
Er schaute links zum Fenster hinaus, aber soweit Kurt auch seine Augen aufriss – von den Glühwürmchen war nichts zu sehen! Nichts! So, als wenn sie vom Erdboden verschwunden gewesen wären.
„Sollten die inzwischen vielleicht wegen dem lauten, schnatternden Weiber-Gequatsche geflüchtet sein?
„Blöde Sabbelbasen!", fluchte Kurt gerade, als es auch schon rummste!
Abgelenkt vom starren Links-nach-oben-schauen, fuhr er doch mit dem rechten Vorderrad seiner Karre ein Stück den Bordstein hoch! Ausgerechnet dort, wo die alte Frau Backes und die Rote von nebenan saßen!

Voll daneben!
Da war aber der Teufel los! Die Damen machten ein Riesen-Bohei. Das einzige was Kurt davon verstanden hatte, war: „Besoffner Gammler – verlauster."
„Nichts wie weg, ab um die Kurve, und aus dem Gesichtsfeld der Frauen heraus.", sagte Kurt sich. Und als er um die Ecke war, hielt er zunächst einmal an und holte tief Luft.

„Oh, Godd!", hadd'à gedengkd, „Wenn die misch jetzt erkannd hann unn dà Polizei melle isch wää besuff Audo gefaah? So e Mischd!"
Das war jòh nedd alles! Am Bierebaam – unn dòhdemedd an denne Gliehwirmschà – war de Kurt jetzd vòrbei. „Was soll isch dann jetzt mache?", fròhd er sisch, „Wehje denne Gliehwirmschà bìnn isch doch extra dòh runnà gefaah. Nää, nää! Isch muss die Diere irschendwie siehn!"
Dòh hadd de Kurt nommòh e guddà Ennfall. Er wolld geräuschlos aus demm Audo ausschdeihje unn vòrsischdisch bis an de Ägge vunn demm Haus ìnn dà Kurv zerigg gehn. Von dòrd hädd er nämlisch die Gliehwirmschà uff dà annà Seid am Bierebaam beschdimmd siehn känne. Awwà die Fraue hädde ihne hinnà der Ägg nedd siehn känne, weil die jòh, um de Ägge e'rum, am Aanfang vunn der Kurv gesetzd hann. So wolld er's mache. Awwà dengkschde! De Kurt konnd garnedd ausschdeihje! Er konnd die Audodijà nedd uffmache. Nääwe ihm schdand – ein Bollizeiaudo! Das hadd ihm graad noch gefähld. Das Audo hodd so nah am Kurt seim Audo geschdann, dass sei Audodijà noch känn Handbrääd uffgang wär. Schunn kurbelt der ään Bollizischd, der ìnn demm Audo uff da recht Seid gesetzd hadd, das Fennschdà runnà unn schdräggd de Kopp zum Kurt riwwà. Der Mann ess em Kurt bekannd vòrkomm. Hodd der villeischd ìnn seinà Schdrèòß gewohnd? Demm Kerl sei Schwulles war emm Kurt so nah, dass er'em de Wärsching hädd känne abquetsche, wenn'à sei Audofennschdà hochgedrähd hädd.
„Ò, jäh! Jetzd fròhd der misch beschdìmmd nòh meim Fiehràschein", ess de Kurt vòr Schrägg zesammegefahr. Das fròhd der Beamde awwà nedd. Der macht e langà Hals bis faschd emm Kurt sei Audo.

„Oh, Gott", dachte er, „wenn die mich jetzt erkannt haben und der Polizei melden ich wäre besoffen Auto gefahren? So ein Mist!"

Das war ja nicht alles! Am Birnbaum – und damit an den Glühwürmchen – war Kurt jetzt vorbei. „Was soll ich denn jetzt nur machen?", fragte er sich, „Wegen der Glühwürmchen bin ich doch extra hier runtergefahren. Nein, nein! Ich muss die Tiere irgendwie sehen!"

Da hatte Kurt nochmal einen guten Einfall. Er wollte geräuschlos aus dem Auto aussteigen und vorsichtig bis zur Ecke des nächstgelegenen Hauses in der Kurve zurückgehen. Von dort hätte er nämlich bestimmt die Glühwürmchen auf der anderen Seite am Birnbaum sehen können. Und die Frauen hätten ihn hinter der Ecke nicht sehen können, weil sie ja, um die Ecke herum, am Anfang der Kurve saßen. So wollte er das machen. Aber denkste! Kurt konnte gar nicht aussteigen! Er konnte die Autotüre nicht aufmachen! Neben ihm stand - ein Polizeiauto!

Das hatte ihm gerade noch gefehlt. Der Wagen stand so nahe an Kurts Auto, dass seine Autotüre noch keine Handbreit aufgegangen wäre. Schon kurbelte der Polizist, der in dem Dienstwagen auf der rechten Seite saß, das Fenster herunter und streckte den Kopf zu Kurt rüber. Der Mann kam Kurt bekannt vor. Wohnte er etwa in Kurts Straße?

Der Kopf des Kerls war Kurt so nahe, dass der ihm den Schädel hätte einquetschen können, wenn er sein Autofenster hochgedreht hätte.

„Oh, nein! – Jetzt fragt der mich bestimmt nach meinem Führerschein", fuhr Kurt erschrocken zusammen. Das fragte der Mann aber nicht, sondern machte weiter einen langen Hals fast bis in Kurts Wagen hinein.

Er guggd de Kurte nuà langsam vumm Kobb bis an sei Fieß aan. Dann schnubbàd der noch emm Kurt vòrm Gesicht rum. Hadd der Bollizischd villeischd gemennd de Kurt hädd Haschisch unnà'm Parka?
Es hodd e halwi Minudd gedauàd, saad der Mann: „Und? Warum halten Sie hier?" *Dòhdruff war de Kurt nedd gefassd. Er war so vàdutzd, dass er känn Word rausgridd hadd.*
„He Mann, was ist los?", *saad der Beamde nommòh.*
De Kurt hadd befärschd, dass die bleede Weiwà zu denne Bollizischde gesaad hädde: „Fahre s'e mòhl schnell weidà. Dòh kurvt so e besuffnà Pennà e'rum, der wolld uns uff'em Troddwar zesamme fahre. Der kann noch nedd weid sìnn." *Villeischd saan s'e aach noch:* „Der hadd beschdìmmd vunn laudà Drooge Schiddelfroschd gridd." *Nòhjà, – enngepaggd war de Kurt jòh aach so, als wenn'à kald gehadd hädd.*
Unn jetzt schdehn die Bulle nääwedraan, unn wolle wisse was de Kurt dòh dreibd! Was soll der'n denne vàzeele? Soll er denne villeischd erkläre, dass er debei ess e biologisches Phänomeen uffzegläre, unn dass die Bollizei villeischd graad an demm weldweid äänmòhlische Ereischnis vunn'rà zesammegeballde Gliehwirmsches-Orgie vòrbei gefahr ess? Unn nix devunn meddgridd hädd, nuà weil s'e sich vunn so äänà wie der ald Baggese ablenke gelossd hädd?
„Womeeschlisch indresierd sisch der Bollizischd nääwe mir awwà garnedd fà Gliehwirmschà? Oddà der wääß iwwàhaubd nedd, dass es so äbbes gäbbd? Glühende Würmer! Unn die dääde dann noch fliehe känne! Wenn isch demm das vàzeele, dann mennd der werrglisch isch hädd Ännà gesuff", *ess'es'em Kurt dòrsch de Kobb gang. Er wussd ìnn demm Moment iwwàhaubd nedd was er jetzt mache solld. Es ess'em aach nix annàres enngefall, als die Wòrhääd ze saan.*

Er schaute Kurt langsam vom Kopf bis zu dessen Füßen an. Sodann schnüffelte er noch Kurt vor dem Gesicht herum. Dachte der Polizist vielleicht Kurt hätte Haschisch unter seinem Parka?
Es dauerte eine halbe Minute, da sagte der Mann: „Und? Warum halten Sie hier?" Darauf war Kurt nicht gefasst. Er war so überrascht, dass er kein Wort herausbekam.
„He Mann, was ist los?", sagte der noch einmal.
Bestimmt hatten die blöden Weiber zu den Polizisten gesagt: „Fahren sie mal schnell weiter. Da kurvt so ein besoffener Penner herum, der wollte uns auf dem Gehweg zusammenfahren. Der kann noch nicht weit sein.", oder vielleicht noch: „Der hat bestimmt vom vielen Drogen-Nehmen Schüttelfrost bekommen."
Nun ja, Kurt war ja auch so eingepackt, als friere er.
Und jetzt standen die Bullen nebenan und wollten wissen was Kurt hier trieb! Was sollte er denen denn jetzt erzählen? Sollte er ihnen vielleicht erklären, dass er gerade dabei war ein biologisches Phänomen aufzuklären?
Dass sie, die Polizei, vielleicht gerade an dem weltweit einmaligen Ereignis einer geballten Glühwürmchen-Orgie vorbeifuhr? Und nichts davon mitbekommen hätte, nur weil sie sich von so einer wie der alten Frau Backes ablenken ließen?
„Womöglich interessiert sich der Polizist neben mir aber gar nicht für Glühwürmchen? Oder er weiß überhaupt nicht, dass es so etwas gibt. Glühende Würmer! Und die könnten sogar noch fliegen! Wenn ich dem Kerl das erzähle, dann meint der wirklich ich hätte etwas getrunken", dachte Kurt.
Er wusste in dem Moment überhaupt nicht was er jetzt machen sollte. Es fiel ihm aber auch nichts anderes ein, als die Wahrheit zu sagen.

De Kurt dengkd sisch: „Schließlisch währd die Wòrhääd am längschde. Dòh gäbbsch'e demm Mann hald e wissenschaftlischi, sachkundischi Auskunfd, das werrd 'ne iwwàzeihje".
Also saad er zu demm Bollizischd: „Sie werden es nicht glauben, ich halte Ausschau nach einer übergroßen Population von epidemisch kopulierenden vermicus lampyris nocticuca, – Glühwürmchen."
De Kurt hadd gemennd das hädd gesetzd unn der Beamde hädd jetzd vòr ihm Reschbeggd gridd.
Der Bollizischd nääwe'm Kurt, also der wo gefròhd hodd, hadd die Auebraun hochgezòh unn nix gesaad. Awwà der annàre, der wo das Audo gefaah hadd, saad: „Heer mòhl, willschd du uns vàaasche? Pass uff, dass isch dir riwwà kumme!"
Au, – das war villeischd e scharfà Hund! Wenn Kurt dòh nedd schunn unnà demm Parka geschwitzt hädd, dann wär's'm jetzt ohne Parka aach ganz heiß wòr.
Godd sei Dank war der Beamde direggd nääwe'm Kurt ein Gemiedsmensch. Der saad dòhdruff nuà: „Langsam, langsam. Nochmal, was suchen Sie hier?"
Em Kurt sei Andwoàd war nadierlisch: „Gliehwirmschà – G l ü h w ü r m c h e n." *Saad der Bollizischd:* „ So – Glühwürmchen suchen Sie hier! Hier auf der Hauptverkehrsstraße machen Sie Jagt auf Glühwürmchen! Haben Sie denn schon welche gesehen?"
„Nein", *saad de Kurt. Dann awwà gleich denòh,* „Das heißt, selbstverständlich habe ich welche gesehen."
„Wie denn jetzt, ja oder nein?", *fròhd der Beamde unn guggd nommòh am Kurt vunn dà Kabutz ab e'runnà bis an sei Sandale.*
„Okay jetzt muss isch doch e bisje dedailierdà vàzeele, was los war", *saad de Kurt sisch.*

Kurt dachte sich: „Schließlich währt die Wahrheit am längsten. Ich gebe dem Mann eine wissenschaftliche, sachkundige Auskunft, das wird ihn überzeugen."
Also sagte er zu dem Polizist: „Sie werden es nicht glauben, ich halte Ausschau nach einer übergroßen Population von epidemisch kopulierenden *vermicus lampyris nocticuca*, – Glühwürmchen."
Kurt meinte das hätte gesessen und der Beamte hätte jetzt Respekt vor ihm bekommen.
Doch der Polizist neben Kurt, also der, der fragte, zog die Augenbrauen hoch und sagte nichts. Aber der andere, der das Auto fuhr, sagte: „Hör mal, willst du uns verarschen? Pass auf, dass ich dir rüberkomme!"

Au – das war vielleicht ein scharfer Hund! Wenn Kurt da nicht schon in seinem Parka geschwitzt hätte, dann wäre es ihm in dem Moment auch ohne Parka bestimmt ganz heiß geworden.
Gott sei Dank war der Beamte unmittelbar neben Kurt ein Gemütsmensch. Der sagte dazu nur: „Langsam, langsam. Noch mal, – was suchen Sie hier?"
Kurts Antwort war natürlich: „Glühwürmchen – G l ü h w ü r m c h e n." Darauf sagte der Beamte: „So – Glühwürmchen suchen Sie hier! Hier auf der Haupt-Verkehrsstraße machen Sie Jagd auf Glühwürmchen! Haben Sie denn schon welche gesehen?"
„Nein", sagte Kurt. Dann aber gleich weiter: „Das heißt, selbstverständlich habe ich welche gesehen."
„Wie denn jetzt, ja oder nein?", fragte der Beamte und schaute nochmal an Kurt von dessen Kapuze bis zu seinen Sandalen herunter.
„Okay, jetzt muss ich doch etwas detaillierter erklären, was los war", sagte sich Kurt.

Also hadd'à denne zwä Bollizischde vàzeehld, dass er vòrhää, als'à owwe uff seinà Terrass geschdann hodd unn nòh unne zum Bierebaam ann dà Schdròòßekurv geguggd hädd, dausende vunn Wirmschà emm Hochzeitsrausch fliehe gesiehn hädd.
Dòh saad der Bulle links auße: „Fliehende Wirmà? Emm Sexrausch! Gäbb's uff, du Quatschkobb!"

Ìmmà wenn der äbbes gesaad hadd, war Kurt bessà ruhisch. Beschdimmd hodd der Bulle, gemennd so e bleedi Ausredd hädd er vunn e'ne'me Besuffne oddà e'nem Rauschgifdsischdische noch nie geheerd. Der annàre Beamde, war beschdimmd de Chef vunn denne zwä. Der hodd sischà vumm Kurt seine biologische Erklärunge was vàschdann. Jedefalls fròhd der freindlisch: „Nun, lieber Mann, warum suchen Sie denn dann nicht in der Kurve hinter uns?"
De Kurt wolld graad saan, die Fraue hädde ihne dòrd am Gugge geschdeerd, dòh hadd'à sisch awwà schnell uff die Libbe gebiss. Die Weibsleid wolld er bessà nedd enn's Schbiel bringe. Am Änn wär's doch noch rauskomm, dass er die beinah zesammegefaah hädd. Also saad de Kurt: „Von dort oben habe ich sie ganz deutlich gesehen." Dòhdebei hadd'à, so gudd's gang ess, medd'à Hand aus sei'm Audofennschdà e'raus, nòh owwe, ungefähjà ìnn Rischdung vunn seinà Schdròòß unn seim Haus gezeihd. Der Schefbollizischd guggd aus seim Fennschdà raus ìnn de dunkle Himmel unn fròhd: „Von da oben?"
Dòh mault der Schubbo nääwedraan: „Jòh, jòh, der Wirmschesjäschà sieht aach so aus, als wenn'à aus 'em kalde Weldraum käm."
Eerschd dòh ess'es em Kurt uffgefall, dass er ìmmà noch die Kabutz vunn dem Parka iwwà'm Kopp hodd.

Also erzählte er den beiden Polizisten, dass er vorher, als er oben auf seiner Terrasse stand und nach unten zum Birnbaum an der Straßenkurve schaute, tausende von Würmchen im Hochzeitsrausch fliegen sah.
Da sagte der Bulle links außen: „Fliegende Würmer? Im Sexrausch! Hör auf, du Quatschkopf!"
Immer wenn der etwas sagte, war Kurt besser ruhig. Bestimmt hatte der Bulle gemeint, so eine blöde Ausrede hätte er von einem Besoffenen oder einem Rauschgiftsüchtigen noch nie gehört.

Der andere Beamte war bestimmt der Chef von den beiden. Der hatte sicher von Kurts biologischen Erklärungen etwas verstanden. Jedenfalls fragte der freundlich: „Nun, lieber Mann, warum suchen Sie denn dann nicht in der Kurve hinter uns?"
Kurt wollte gerade sagen, die Frauen hätten ihn dort am Schauen gehindert, da biss er sich doch lieber schnell auf die Lippen. Die Weibsleute wollte er besser nicht ins Spiel bringen. Am Ende wäre es doch noch herausgekommen, dass er die beinahe zusammengefahren hätte.
Also sagte Kurt: „Von dort oben habe ich sie ganz deutlich gesehen." Dabei zeigte er, so gut es ging, mit der Hand aus seinem Autofenster hinaus, nach oben, ungefähr in Richtung seiner Straße und seines Hauses.
Der Chefpolizist schaute aus seinem Fenster hinaus in den dunklen Himmel und fragte: „Von da oben?"
Da maulte der Schupo nebenan: „Ja, ja, der Würmchenjäger sieht auch so aus, als wenn er aus dem kalten Weltraum käme." Erst da fiel Kurt auf, dass er immer noch die Kapuze seines Parkas über dem Kopf hatte.

Ganz schnell machd er dòh die Kabutz e'runnà, unn saad zu dem Bollizeimeischdà nääwe ihm: „Glauben Sie mir, ich wohne gerade da oben in der Straße und bin nur eben, wegen dem Phänomen, schnell mal runter auf die Hauptstraße gefahren um nachzusehen ob ich mich getäuscht hätte."
Der Bulle am Schdeijà war nedd gudd uff de Kurt ze schwätze, sunschd hädd der nedd rum gebaubsd: „Unn als du unne uff der Wirmàhochzeid aankumm bischd, hasch'de graad noch äbbes vunn demm Umdrungk meddgridd."
Der hadd nix kabierd gehadd. Obwohl de Kurt klar unn deidlisch gesaad hodd was los war. Dòh ess de Kurt e bisje gifdisch wòr unn saad zu demm Fahrà: „Leidà! Isch hann nix vunn dem Hochzeidsumdrungk meddgridd, weil isch zu weid gefaah bìnn." Saad der Kerl doch: „Zu weid gefaah, das menn isch schunn die ganz Zeid."
Medd demm wolld de Kurt nìmmeh schwätze. Zu demm seim Chef saad de Kurt: „Fahren Sie doch mit mir hoch. Es sind nur dreihundert Meter. Von dort oben kann ich Ihnen die Glühwürmchen bestimmt zeigen." *Saad der gudde Beamde ganz ruhisch:* „Nein, danke. Fahren Sie jetzt mal lieber ganz vorsichtig alleine nach Hause." *Ruft der Bulle doch an seim Chef vòrbei: „Mir fahre nedd medd, weil's uns dòh owwe vill zu kald iss. Mir hann nämlisch känn Parka debei." Dann hodd das Bollizeiaudo nääwedraan Platz gemacht, hodd umgedrähd unn ess nommòh um de Ägge rum zerigg gefaah. De Kurt wolld'ne noch nòhgugge, um ze siehn, ob se nedd doch noch an demm Bierebaam haltmache, unn nòh dà Gliehwirmschà gugge. Hadd das dann auwà nedd gemachd, weil's bessà war, dass er sisch fix aus'em Schdaab gemachd.*

Da zog er die Kapuze aber ganz schnell herunter und sagte zu dem Polizeimeister nebenan: „Glauben Sie mir, ich wohne gleich da oben in der Straße und bin nur eben mal wegen dem Phänomen runter auf die Hauptstraße gefahren um nachzusehen ob ich mich getäuscht hätte."
Der Bulle der am Steuer saß war nicht gut auf Kurt zu sprechen, sonst hätte der nicht rum gepoltert; „Und als du unten auf der Würmerhochzeit angekommen bist, hast du gerade noch etwas von dem Umtrunk abbekommen."
Der hatte nichts kapiert! Obwohl Kurt klar und deutlich gesagt hatte was los war. Kurt wurde etwas ungehalten und sagte zu dem Fahrer: „Leider! Ich habe nichts von dem Hochzeitsumtrunk mitbekommen, weil ich zu weit gefahren bin!" Sagte der Bulle doch dann: „Zu weit gefahren, das meine ich schon die ganze Zeit." Mit dem wollte Kurt nicht mehr reden. Zu dessen Chef sagte Kurt: „Fahren Sie doch mit mir hoch. Es sind nur dreihundert Meter. Von dort oben kann ich Ihnen die Glühwürmchen bestimmt zeigen." Schließlich sagte der gute Beamte ganz ruhig: „Nein, danke. Fahren Sie jetzt mal lieber ganz vorsichtig alleine nach Hause."
Ruft doch der Bulle an seinem Chef vorbei: „Wir fahren nicht mit, weil's uns dort oben viel zu kalt ist. Wir haben nämlich keine Parkas dabei."
Dann machte das Polizeiauto neben Kurt Platz, wendete und fuhr nochmal um die Ecke herum zurück. Kurt wollte ihnen nachschauen, um zu sehen, ob sie nicht doch noch an dem Birnbaum haltmachten, um nach den Glühwürmchen zu schauen. Hatte das dann aber doch nicht gemacht, weil er es für besser hielt sich schnell aus dem Staub zu machen.

„Wer wääß, was denne zwä noch ennfalld, wenn'se ìnn der Kurv schdobbe unn dort vunn denne Weiwà gefròhd gänn, ob s'e misch vàhafd hädde", saad de Kurt sisch. Also ziehd'à sisch die Kabutz wìddà iwwà de Kobb unn macht sisch nix wie ab, hemm.
Wie er wìddà uff seinà Terrass geschdann hadd, hadd er sie doch tadsäschlisch nommòh gesiehn! Die Gliehwirmschà. Unne vòr demm Bierebaam. Ìmmà noch dausende emm Taumel. „Ei benn isch dann vàriggd?", fròhd'à sisch. Das war zevill! Ze'eerschd wolld er 's Hilde rufe, dass die das aach mòhl sieht. Doch die war ìmmà noch nedd dehemm!

Die Zeigin

Dòh ess'm Kurt nuà noch sei Schwiehjàmuddà, es Selma, enngefall. Die wohnt beim Kurt unnerinn emm Kellàgeschoss. Er hodd zwar Bedenke, ob das medd der guddgehd, awwà fà e Zeige vunn demm Gliehwirmschesphänomen ze hann, wolld er das Risiko medd der schunn mòhl enngehn.
Wie de Kurt war, ess'à vunn dà Terrass die Gaadedrebb e'runnà unn dòrsch de Kellà, ìnn der ihr Wohnung gang. Das soll schunn was heische! Medd denne dräggische Sandale. Wo die doch so gäre butzd! Ìmm Baadezìmmà hadd er s'e gefunn. Sie war schunn ìnn dà Unnàwäsch. Sie war ääwe debei, sisch die Röllschà ìnn die Hòòr ze mache, hodd's Gebiss schunn ìmm Wassàglas gehadd unn wolld graad ìnn's Bedd gehn.
Als s'e de Kurt gesiehn hodd, ess'e zesamme gefaah.
Nòjà, schdelle Sie sisch mòhl vòr, gehje Mìddànaachd schdehd plötzlisch e Mann vòr Ihne ìmm Baadezìmmà, hadd e gefiddàdà Parka aan, die Kabutz iwwà'm Kobb, unn unne komme sei blangke Bään e'raus.

„Wer weiß, was den beiden Polizisten noch einfiele, wenn sie in der Kurve stoppen und dort von den Weibern gefragt würden, ob sie den Gammler verhaftet hätten", sagte sich Kurt. Also zog Kurt sich die Kapuze wieder über den Kopf und fuhr schnellstens nach Hause.
Als er wieder auf seiner Terrasse stand, sah er sie doch tatsächlich nochmal! Die Glühwürmchen. Unten vor dem Birnbaum. Immer noch Tausende im Taumel.
„Sollte ich denn verrückt sein?", fragte er sich.
Das war zuviel! Zuerst wollte er seine Hilde rufen, damit sie das auch mal sehen könne. Aber die war immer noch nicht zu Hause!

Die Zeugin!
Da fiel ihm nur noch seine Schwiegermutter Selma ein. Die wohnte bei ihm unten im Kellergeschoss. Kurt hatte zwar Bedenken, ob das mit ihr gut ausgeht, aber um eine Zeugin für das Glühwürmchenphänomen zu haben, wollte er das Risiko einer Konfrontation mit ihr doch wagen.
Wie Kurt war, stieg er von der Terrasse die Gartentreppe hinunter und ging durch den Keller in ihre Wohnung. Das sollte schon etwas heißen! Mit den schmutzigen Sandalen. Wo sie doch so gerne putzt!
Kurt fand sie im Badezimmer. Sie stand schon in der Unterwäsche da. Gerade war sie dabei, sich die Röllchen in die Haare einzudrehen, hatte das Gebiss schon in ein Wasserglas gelegt und wollte gleich in ihr Bett gehen. Als sie Kurt sah, erschrak sie doch sehr heftig Nun ja, stellen Sie sich mal vor, gegen Mitternacht steht plötzlich im Badezimmer ein Mann vor Ihnen, hat einen gefütterten Parka an, die Kapuze über dem Kopf, und unten kommen seine nackten Beine heraus!

Dòh menne Sie doch, dass der Kerl nedd nur an dà Bään, sonnann unnà'm Parka aach naggisch ess.
Sie, als Fraa ìmm Heesche unn ìmm BH, griehn doch bei so äbbes ball e Schlaach. Em Kurt sei Schwiehjàmuddà hadd ihne nedd erkannd. Dòh hadd'à schnell sei Kabutz e'runnà gemach, damit s'e kä Herzschlaach grìdd. "**Kurt!** Was fällt dir denn ein!" *Eschoffierd s'e sisch. Was die denòh noch alles zu ihm gesaad hadd, hodd er schnell vàgess. Äbbes Guddes war sowieso nedd debei.*

Uffglärung
Als die mòhl längà Luft geholl hodd, hadd's de Kurt geschafft ihjà dann ze saan, dass er ihjà äbbes zeihje wolld. Äbbes, das s'e ìnn ihrem Lääwe noch nie gesiehn hädd. Unn weil s'e jòh doch e bisje neigierisch war, hadd er's dann geschafft, dass die de Mòrjemandel iwwàgezòh hadd, unn medd ihm dòrsch die Wäschkisch e'raus unn die dungel Gaadedrebb hoch uff die Terrass gang ess.
Kaum ware die zwä uff dà Terrass, ess das schunn wìddà losgang. De Kurt wolld grad was iwwà die Gliehwirmschà vàzeele, fangd's Selma aan: „Zuerst musst **du** mir jetzt mal zuhören." „Gut, dann – ich höre!", *saad er brav. Heebd's 's Selma de Fingà, – mà muss sisch vòrschdelle, schdehd die um Middànaachd, zahnlos, ìmm gebliemde Mòrjemandel, medd Röllschà uff 'em Kobb unn naggische Bään, ìnn ihre Schlabbe, vòr'm Kurt uff dà Terrass – unn rood ihm ìnn allà Form:* „Wage es nicht noch einmal, in einem solchen Aufzug, dazu noch mit schmutzigen Sandalen, in meine Wohnung zu kommen. Und schon gar nicht mehr nachts, bis ins Badezimmer. Hast du denn gar kein Respekt vor der Intimsphäre einer Frau?"

Da denken Sie doch, dass der Kerl unter dem Parka auch ganz nackt sei. Bei so einer Begegnung bekommen Sie, als Frau im Höschen und im BH, doch fast einen Schlag. Kurts Schwiegermutter erkannte ihn nicht.
Da zog er schnell die Kapuze runter, damit sie nicht augenblicklich einen Herzschlag bekam.
„Kurt! Was fällt dir denn ein!", entrüstete sie sich. Was sie danach noch alles zu ihm sagte, vergaß er schnell. Es war sowieso nichts Gutes dabei.

Aufklärung
Als sie mal länger Luft holte, schaffte Kurt es ihr zu sagen, dass er ihr etwas zeigen wollte. Etwas, was sie in ihrem Leben noch nie gesehen hätte. Und weil sie ja doch sehr neugierig war, schaffte er es dann, dass sie den Morgenmantel überzog und mit ihm durch die Waschküche hinaus, die dunkle Gartentreppe hoch bis auf die Terrasse ging.
Kaum waren beide auf der Terrasse, ging das schon wieder los! Kurt wollte ihr gerade etwas über die Glühwürmchen erzählen, da zeterte Selma: „Zuerst musst DU mir jetzt mal zuhören."
„Also dann – ich höre", sagte er brav.
Selma hob den Finger – man muss sich vorstellen, steht die um Mitternacht, zahnlos, im geblümten Morgenmantel, mit Röllchen auf dem Kopf und mit nackten Beinen in ihren Hausschuhen vor ihm auf der Terrasse – und teilt ihm in aller Form mit: „Wage es nicht noch einmal, in einem solchen Aufzug, dazu noch mit schmutzigen Sandalen, in meine Wohnung zu kommen! Und schon gar nicht mehr nachts bis in mein Badezimmer. Hast du denn gar keinen Respekt vor der Intimsphäre einer Frau?"

Als s'e ferdisch war, hadd die villeischd gemennd, de Kurt wird sisch endschuldische, awwà die Gliehwirmschà ware ihm vill wischdischà. Ganz heeflisch saad er: "Schau einmal da unten, da schwirren tausende Glühwürmchen im...", *Kurt wolld der grad das Phänomen uff Hochdeidsch vàgliggare, weil sie nämlisch känn Pladd vàschdehd, ess awwà nedd weid demedd kumm. Weil sei Schwiehjàmuddà, als sie sisch rum gedrähd hadd, medd'à Schlabbe iwwà die läähjà Bieàflasch – wo noch dòh geschdann hodd – geschdollbàd ess.*

De Kurt hodd'se graad noch ze grabsche gridd, sunnschd wää die die ganz Gaadedrebb e'runnà gerolld. Nedd die Oma – die Flasch nadierlisch. Wenn de Kurt dòh die Flasch nedd schnell gegrabbschd hädd, hädd das so geschäbbàd, dass am Änn noch de Oba Willm wach wòr wää. Es hädd senn känne, dass der dann ìmm Schlòòfaanzuch dòrsch de Gaade geloff wär, um ze gugge ob Ennbräschà rumlaafe.

Em Kurt sei Schwiehjàmuddà sieht die Liddàflasch, guggd 'ne aan unn saad: "Glühwürmchen?! Kein Wunder dass du Glühwürmchen siehst. Dir kreisen wohl schon welche im Kopf herum!"

De Kurt hodd sisch nedd nerwees mache losse unn hodd'em Selma genau beschrieb, wo sie unne am Bierebaam hinngugge soll, um die grien-gääle Hochzeidsdanz-Wolge ze siehn.

'S Selma guggd, iwwàleed unn saad: "Da unten sind keine Glühwürmchen. Schau doch mal genau hin. Da schwirren nichts anderes, als hundsgewöhnliche Motten, vor dem dunklen Baum im Lichtkegel der Straßenlaterne herum. Wenn man von hier oben nach unten schaut, sieht man zwar den Lichtkegel, aber die im Dunkel hängende Laterne darüber nicht."

Als sie damit fertig war, dachte sie vielleicht, Kurt würde sich bei ihr entschuldigen, doch die Glühwürmchen waren ihm viel wichtiger. Ganz höflich sagte er: „Schau einmal da unten, da schwirren tausende Glühwürmchen im ..."
Kurt wollte ihr gerade das Phänomen erläutern, kam damit aber nicht weit. Denn seine Schwiegermutter stolperte beim Sichumdrehen mit den Hausschuhen über die immer noch dort herumstehende leere Bierflasche. Kurt bekam sie gerade noch zu fassen, sonst wäre sie die ganze Gartentreppe hintergerollt. Nicht die Oma – die Flasche natürlich.
Wenn er die Flasche nicht gestoppt hätte, hätte sie so einen Lärm verursacht, dass am Ende noch Opa Willm wach geworden wäre. Möglicherweise wäre der dann im Schlafanzug in den Garten gelaufen, um nachzusehen, ob sich dort Einbrecher herumtrieben.

Kurts Schwiegermutter sah die Literflasche, schaute ihn an und sagte: „Glühwürmchen?! Kein Wunder dass du Glühwürmchen siehst. Dir kreisen wohl schon welche im Kopf herum!"

Kurt ließ sich nicht nervös machen und beschrieb Selma genau, wo sie unten am Birnbaum hinschauen sollte, um die grün-gelbe Hochzeitstanz-Wolke zu sehen.
Selma schaute, überlegte und sagte: „Da unten sind keine Glühwürmchen. Schau doch mal genau hin. Da schwirren nichts anderes als hundsgewöhnliche Motten vor dem dunklen Baum im Lichtkegel der Straßenlaterne herum. Wenn man von hier oben nach unten schaut, sieht man zwar den Lichtkegel, aber die im Dunkeln hängende Laterne drüber nicht."

„Hundsgeweehnlische Modde? Vàdammd, das kann nedd senn", hodd de Kurt dòh innàlisch bròdeschdierd.
Bevòr's Selma dann enn's Bedd abgerauschd iss, saad s'e noch: „Und wenn du weiter so säufst, dann feiern bald ganz andere Würmer Orgien. Aber in deinen Gebeinen."

„Òhjäh, dòh kännsch'de doch graad die Modde griehn! So e Schwiehjàmuddà. Hundsgeweehnlische Modde solle's senn. „Wenn schunn känn Gliehwirmschà, dann käänesfalls Modde!", prodeschdierd de Kurt.
Wie's Selma graad an dà Kellàdijà nommòh enn's Haus wolld, hadd de Kurt der nòhgeruuf:
„Nachtfalter! Nachtfalter sind es."

Ob s'e das noch geheerd hadd?

„Hundsgewöhnliche Motten? Verdammt, das kann nicht sein!", protestierte Kurt innerlich.
Bevor Selma dann in ihr Bett abrauschte, sagte sie noch: „Und wenn du weiter so säufst, dann feiern bald ganz andere Würmer Orgien. Aber in deinen Gebeinen!"

So eine Schwiegermutter! Ja, da könnte man doch gerade die Motten bekommen! Hundsgewöhnliche Motten sollen es sein! „Wenn schon keine Glühwürmchen, dann sind es auf keinen Fall Motten!", protestierte Kurt.
Als Selma gerade nochmal durch die Kellertüre ins Haus wollte, rief Kurt ihr nach: „Nachtfalter! Nachtfalter sind es."

Ob sie das noch gehört hatte?

2. Kreizschmerze

Nòhdemm emm Kurt sei Schwiehjàmuddà Selma ihne uffgeglärd hodd, dass er kä Gliehwirmschà, sonnann Modde gesiehn hadd, ess'à ìnn den Keller an den Kiehlschrank gang um sisch graad nommòh e Liddàbomb ze holle. Er hadd sisch de Ärger dòh driwwà, dass es Selma beschdimmd reschd hodd, misse runnàschbiele. Dann ess'à ìnn's Bedd geschwangd unn hadd so dief unn feschd geschlòòf, dass'à's nimmeh meddgridd hadd, wie's Hilde hemm kumm ess.

'S Hilde ess am nägschde Mòrje medd e'me gequählde Gesischd die Drebb aus'm Dachgeschoss runnà ìnn's Erdgeschoß kumm. De Kurt war schunn unne unn hadd's Friehschdigg gemachd. Normalàweis saad s'e ìnn demm Fall ìmmà freidisch: „Oh, ist ja schon alles fertig!" An demm Dach saad s'e nix.

Als de Kurt ääs wie gewehnd medd'em Arm um die Hiffde geholl hadd, um sei Fraa ze Kisse, saad 's Hilde: „Au – nicht so fest" unn nur halblaud, „Guten Morgen."

De Kurt hodd de Enndrugg als hädd's Hilde am Òhmend zevòr – zesamme medd ihre Tòrnschweschdare – zevill Rosè gedrungk unn jetzt hädd'se e Kaadà. Schdeif unn nòh hinne gebòòh pischbadd s'e: „Mir tut mein Kreuz weh. Ich brauche unbedingt eine neue Matratze."

Ze'eerschd war de Kurt jòh zimmlisch baff, dass sie nix dezu gesaad hodd dass er – unn nedd sie – an demm Mòrje de Disch gedäggd hodd, awwà dann saad er zum Hilde: „Ei – geschdá Òhmend beim Tòrne hann'à beschdimmd weddà dauànd gequadschd. Dòhbei haschd du nedd uffgebassd unn dir es Kreiz vàrenkd.

Kreuzschmerzen

Nachdem Kurts Schwiegermutter Selma ihn aufgeklärt hatte, dass er keine Glühwürmchen, sondern Motten sah, ging er in den Keller an den Kühlschrank um sich gerade nocheinmal eine Literbombe zu holen.
Er musste sich den Ärger darüber, dass Selma wohl recht hatte, runter spülen. Dann schwankte er ins Bett und schlief so tief und fest, so dass er es nichtmehr wahrnahm. als Hilde nach Hause kam.
Hilde stieg am nächsten Morgen mit leidendem Gesicht über die Treppe aus dem Dachgeschoss ins Erdgeschoss herunter.
Kurt war schon unten. Er hatte bereits den Frühstückstisch gedeckt.
Normalerweise sagt sie in einem solchen Fall immer freudig: „Oh – ist ja schon alles fertig!"
An dem Tag sagte sie nichts.
Kurt wollte seine Frau wie gewohnt mit einem Arm um die Hüfte fassen, um sie zu küssen, da sagte Hilde: „Aua – nicht so fest" und nur halblaut, „Guten Morgen".
Kurt hatte den Eindruck, als hätte Hilde am Abend zuvor – zusammen mit ihren Turnschwestern – zuviel Rosé getrunken und jetzt hätte sie einen Kater.
Steif gebeugt flüsterte sie: „Mir tut mein Kreuz weh. Ich brauche unbedingt eine neue Matratze."
Zuerst war Kurt ja sehr überrascht darüber, dass sie nichts dazu sagte, dass er den Frühstückstisch gedeckt hatte, doch dann sagte er zu Hilde. Nun – gestern Abend beim Turnen habt ihr bestimmt wieder andauernd geredet. Dabei hast du nicht aufgepasst und dir dann das Kreuz verrenkt."

Es kann aach devunn komme, dass du ìmmà uff'em Bauch leihschd wann de schlòòfschd. Isch hann dà schunn hunnàd mòhl gesaad dass das ìnn's Kreiz gehd. Du bischd doch kä Bäbi meh. Schlòòf uff dà Seid oddà uff'em Buggel.."
„Manchmal schlafe ich ja auch auf dem Rücken, aber ich kann nur auf dem Bauch einschlafen. Meine Matratze hat eine tiefe Kuhle. Das alte Ding ist durchgelegen",
„*Meini aach. Sogar noch meh als dein. Schließlisch kommschd du meischdens zu mià. Unn dann haud's ganz scheen ìnn die Madratz!*"
„Stimmt doch gar nicht! Wer fängt denn immer an? Du doch! Wenn es nach mir ginge, dann wären die Matratzen heute noch wie neu. Außerdem sind das immer noch unsere ersten. Die sind schon vierzig Jahre alt." „*Awwà mei Liebschdes, das senn doch schunn unsà zwädde! – Òddà?*" „Und wenn? Dann wären die auch schon über zwanzig Jahre alt, und alle zehn Jahre soll man sich neue kaufen. Allein schon der Milben wegen." „*Jetzd senn's die Milwe! Unn sie senn ze ald! Ze ald, das kann isch jòh schunn garnìmmeh heere. Es gehd doch nedd drum, wie ald äbbes ess, sonnann ob es sei Zwegg noch erfilld. Wenn's nòhm Aldà gehen dääd, dann kännschd du misch aach ausdausche. Dann holle isch mià awwà e jingàri!*"
Beleidischd saad 's Hilde: „Was soll das denn jetzt? Andere Leute..." – „*Senn längschd geschied*", *unnàbreschd'à s'e. Äas weidà*: „...haben längst neue Matratzen. Die haben sogar schon das zweite Schlafzimmer! Und mein Lattenrost ist auch kaputt. Die eine Latte ist aus dem Rahmen gesprungen und das Gestänge ist verbogen, weil du einmal mit den Knien auf mein Bett gehüpft bist!"

Es kann auch davon kommen, dass du immer auf dem Bauch liegst wenn du schläfst. Ich sagte dir ja schon hunderte mal, dass das ins Kreuz geht. Du bist doch kein Baby mehr. Schlaf auf der Seite oder auf dem Rücken.."
„Manchmal schlafe ich ja auch auf dem Rücken, aber ich kann nur auf dem Bauch einschlafen. In meiner Matratze ist eine tiefe Kuhle. Das alte Ding ist durchgelegen."
„Meine auch. Sogar noch mehr als deine. Schließlich kommst du meistens zu mir. Und dann geht das aber ganz schön in die Matratze!"
„Stimmt doch gar nicht! Wer fängt denn immer an? Du doch! Wenn es nach mir ginge, dann wären die Matratzen heute noch wie neu. Außerdem sind das immer noch unsere ersten. Die sind schon uralt – vierzig Jahre."
„Aber meine Liebe, das sind doch schon unsere zweiten! – Oder?" „Und wenn? Dann wären die auch schon über zwanzig Jahre alt, und alle zehn Jahre soll man sich neue kaufen. Allein schon der Milben wegen." „Jetzt sind es die Milben! Und zu alt, zu alt, das kann ich ja schon gar nicht mehr hören. Es geht nicht darum, wie alt etwas ist, sondern ob es seinen Zweck noch erfüllt. Wenn es nur nach dem Alter ginge, dann könntest du mich auch austauschen. Dann hole ich mir aber 'ne jüngere."
Brüskiert antwortete Hilde: „Was soll das denn jetzt? Andere Leute..." – „Sind längst geschieden", unterbrach er sie. Doch sie sprach weiter: „haben längst neue Matratzen. Die haben sogar schon das zweite Schlafzimmer! Und mein Lattenrost ist auch kaputt. Die eine Latte ist aus dem Rahmen gesprungen und das Gestänge ist verbogen, weil du einmal mit den Knien auf mein Bett gehüpft bist!"

„Ei gudd, dann rischd isch das Ding hald nommòh häjà."
„Die Roste sind doch auch schon 40 Jahre alt!".
„Ald, ald! Fang nedd nommòh so aan. Isch menn aach, dass die schunn unsà zwädde Rooschde senn."
„Die Matratze will ich auf keinen Fall mehr haben!"
„Bevòr mir e neiji kaafe, wolle mà doch mòhl siehn ob's iwwàhaubd an dà Madratz leihd."
„Wie? Nochmal sehn? Da ist eine tiefe Kuhle drin! Neue Matratzen sind schon längst überfällig. Und die wären dann ja auch unsere letzten. Neue Matratzen reichten dann jetzt bis zu unserem Ende."
„Wo der Rooschd sich dòrschbiehd, lehje isch äbbes driwwà. unn die Madratzedell fill isch uff. Unn dann duuschd'e mòhl nìmmeh uff'm Bauch ze schlòòfe."

Uff denne Ladde-Rooschd vumm Hilde hadd de Kurt e Bräddsche gelehd. Die Dell ìnn dà Madratz seinà Liebschde hadd de Kurt medd'rà abgeschduufd gefaldede Wolldägg uffgefilld.
Sei Fraa ännàde ihr Schlòòfgewohnhäde awwà nedd. Kaum dass die wägg war, hadd die sisch wìddà ìnn die Bääbischdellung uff de Bauch gedrähd. E paar Wuche lang ess das gudd gang, ohne dass das Thema Madratze aangeschwätzd wòr wär. Dann senn Daache kumm an denne de Kurt ganz beilääfisch gesaad gridd hodd, dass sie's doch ìmm Kreiz hädd. Z. B., als er s'e gefròhd hodd, ob er die vunn ihr gekaafde, aus'em Audo schunn rausgehollne unn bis ìnn die Diele ìmm Haus geschläbbde Schbrudel- unn Bieàkäschde vunn dord ìnn de Kellà draan solld. Dòh saad ääs: „Ja, du weißt doch, dass ich es im Kreuz habe und nichts Schweres heben darf." *Dòhbei hädd s'e das Zeisch beschdimmd aach noch weidà bis ìnn de Kellà draan känne, dengkd sisch de Kurt.*

„Nun gut, dann richte ich das Ding halt nochmal her."
„Die Roste sind doch auch schon 40 Jahre alt!".
„Alt, alt! Fang nicht wieder damit an. Ich meine das sind schon unsere zweiten Roste."
„Die Matratze will ich auf keinen Fall mehr haben!"
„Bevor wir eine neue kaufen, wollen wir doch mal sehen, ob es überhaupt an der Matratze liegt."
„Wie? Nochmal sehen? Da ist eine tiefe Kuhle drin! Neue Matratzen sind schon längst überfällig. Und die wären dann ja auch unsere letzten. Neue Matratzen reichten dann bis zu unserem Ende."
„Wo der Rost sich durchbiegt, lege ich etwas darüber. Die Kuhle fülle ich auf. Und dann versuchst du mal nicht mehr auf dem Bauch zu schlafen."

Auf den Lattenrost von Hilde legte Kurt ein Brettchen. Die Kuhle in der Matratze seiner Liebsten glich Kurt mit einer abgestuft gefalteten Wolldecke aus.
Seine Frau änderte ihr Schlafverhalten aber nicht. Sobald sie geistig weggetreten war, drehte sie sich wieder in die Babystellung auf den Bauch.
Ein paar Wochen lang ging das gut, ohne dass das Thema Matratze angesprochen worden wäre.
Dann folgten Tage an denen Kurt ganz beiläufig darauf aufmerksam gemacht wurde, dass sie es doch im Kreuz hätte. Z. B., als er fragte, ob er die von ihr gekauften, aus dem Auto ausgeladenen und schon bis in die Hausdiele getragenen Sprudel- und Bierkästen von dort in den Keller tragen sollte.
Da sagte sie: "Ja, du weißt doch, dass ich es im Kreuz habe und nichts Schweres heben darf." Dabei hätte sie das Zeug bestimmt auch noch weiter bis in den Keller tragen können, dachte sich Kurt.

Ìnn denne Wuche denòh, hodd s'e ìmmà effdà draan gedengkd, de Kurt nedd vàgesse ze losse dass sie's doch emm Kreiz hädd.

E Monadd nòh demm Delle-Ausgleisch fròhd de Kurt sei Liebschdes: „Mei Schatz, hasch'e eischendlisch noch ìmmà Kreizschmerze?"

Dòh guggd's Hilde 'ne medd hochgezòhne Auebraun aan unn saad ganz beeß „Natürlich! Das sagte ich dir ja die ganze Zeit schon. Aber du hörst mir ja nie zu, wenn ich mit dir rede."

„Isch hann doch defòà gesorschd, dass die Dell in deinà Madratz jetzd ausgefilld ess. Unn so deidlisch haschd du mir nedd gesaad, dass du dròtzdemm noch Schmerze ìmm Kreiz haschd."

„Auf jeden Fall muss eine neue Matratze her! Bei Möbel Marta gibt es jetzt Sonderangebote. Dort braucht man die Mehrwertsteuer nicht zu zahlen. Man spart neunzehn Prozent!"

„Quatsch. Die wäre jòh scheen bleed, wenn s'e die Mehrwerdschdeijà nedd verlange dääde. Die misse die Schdeijà jòh per Gesetz abfihre. Sunnschd wäre s'e jòh Scheijàhinnàziehjà."

„Schau mal, hier im Prospekt steht es doch – neunzehn Prozent."

„Okay", sagte er, *„das ess dann effendlisch bekannd gemachdà Schdeijàbedruuch."*

Madratzekaafe

„Also bist du damit einverstanden, dass wir da mal hinfahren?"

„Momend mòhl, isch hann dòhmedd nedd gesaad, dass mir jetzd neije Madratze kaafe."

„Das Angebot gilt nur noch diese Woche. Wir brauchen uns das doch nur mal anzusehen."

In den folgenden Wochen verdichteten sich ihre verbalen Bemühungen, Kurt nicht vergessen zu lassen, dass sie es doch im Kreuz hätte. Mittlerweile war ein Monat vergangen und Wochen nach dem Dellen-Ausgleich fragte Kurt seine Liebste: „Mein Schatz, hast du eigentlich noch immer Kreuzschmerzen?"

Da schaute Hilde ihn mit hochgezogenen Augenbrauen an und sagte erbost: „Natürlich! Das sagte ich dir ja die ganze Zeit schon. Aber du hörst mir ja nie zu, wenn ich mit dir rede".

„Ich habe doch dafür gesorgt, dass die Kuhle in deiner Matratze eingeebnet ist. Und so konkret hast du mir nicht gesagt, dass du trotzdem noch Schmerzen hast."

„Auf jeden Fall muss eine neue Matratze her. Bei Möbel Marta gibt es jetzt Sonderangebote. Bei denen braucht man die Mehrwertsteuer nicht zu zahlen. Da kann man neunzehn Prozent sparen."

„Quatsch. Die wären ja schön blöd, wenn sie die Mehrwertsteuer nicht verlangten. Die müssen sie ja per Gesetz abführen. Sonst wäre das ja Steuerhinterziehung."

„Schau mal, hier im Prospekt steht es doch – neunzehn Prozent."

„Okay", sagte er, „das ist dann öffentlich bekannt gemachter Steuerbetrug."

Matratzenkauf
„Also bist du damit einverstanden, dass wir da mal hinfahren?"

„Moment mal, ich habe damit nicht gesagt, dass wir jetzt bei Marta neue Matratzen kaufen."

„Das Angebot gilt nur noch diese Woche. Wir brauchen uns das doch nur mal anzusehen."

„Dòhbei bleibd's doch bei dir nie. Isch repariere dei Ladde-Rooschd unn mà känne die Madratze behalle"
„Nein, die Matratzen geben wir zum Sperrmüll. Fahren wir nun zu Möbel Marta?"
„Awwà nur aangugge! – Nix kaafe!"
„Das ist nicht weit – in Wellenbach. Du weißt doch, wo wir letztes Jahr den Esstisch gekauft hatten. Man fährt an der Tankstelle vorbei, bei der ein Liter Diesel 20 Cent billiger ist.
Dann könnten wir dort auch gerade noch tanken."
„Jòh, der alde Disch hädd's aach noch lang geduun."
Hadd de Kurt die 20 Cent Offerte iwwàheerd.
Sie senn an der an der Tankschdell vòrbei gefaah weil's Hilde gemennd hodd „Tanken können wir auf dem Rückweg. Fahren wir zuerst nach Wellenbach."

Kaum aankumm, rennd's Hilde ìnn denne Meewel-Marta Laade unn dòrsch bis ìnn das große Madratzelaachà. Dòrd hodd e freindlisch läschelndà Mann zwische High-Tech-Madratze geschdann. Foddos vunn der Art vunn Beddauflache ware ìnn demm Broschbeggd abgebild, das es Hilde ihrem Kurt dehemm gezeihd hodd. Iwwà demm Läschlà hodd e Babbedäggelschild gehòng, uff demm ìnn große Buchschdawe: „SUPER DISCOUNT SALE" *unn:* „BODY-ERGONOMIC MATTRESS ab 1200 Euro" *geschdann hodd.*
Nääwebei war noch die Bemergung: „BEST TEST" *ze lääse. De Kurt erinnàde sisch, dass an der Enngangsdijà vunn demm Meewelhaus* „OPEN" *geschdann hodd. Er hadd awwà e Schild vàmissd, uff demm:* „MAN SPRICHT DEUTSCH *geschdann hädd. Deshalb war'à nedd ganz sischà, ob die ìnn demm Laade aach Deitsch schwätze. War das e Ammi-Laade? Medd brääde amerikanische Madratze?*

„Dabei bleibt es bei dir doch nie. Ich repariere deinen Latten-Rost und wir können die Matratzen behalten."

„Nein, die geben wir zum Sperrmüll. Fahren wir nun zu Möbel Marta?"

„Aber nur anschauen! – Nichts kaufen.

„Das ist nicht weit – in Wellenbach. Du weißt doch, wo wir letztes Jahr den Esstisch gekauft hatten. Man fährt an der Tankstelle vorbei, bei der ein Liter Diesel 20 Cent billiger ist.

Dann könnten wir dort auch gerade noch tanken."

„Ja, der alte Tisch hätte es auch noch lange getan." überhörte Kurt die 20 Cent Offerte.

Sie fuhren an der Tankstelle vorbei, weil Hilde meinte: „Tanken können wir auf dem Rückweg. Fahren wir zuerst nach Wellenbach."

In Wellenbach eilte Hilde zügig durch den Laden von Möbel Marta, bis in ein großes Matratzenlager. Dort stand ein freundlich lächelnder Herr verloren zwischen High-Tech-Matratzen. Fotos dieser Art von Bettauflagen waren in dem Prospekt abgebildet, den Hilde ihrem Kurt zu Hause gezeigt hatte.

Über dem Kopf des Lächlers hingen Papptransparente, auf denen in großen Lettern: „SUPER DISCOUNT SALE" sowie: „BODY-ERGONOMIC MATTRESS ab 1200,- €" stand.

Nebenbei war noch die Bemerkung: „BEST TEST" zu lesen.

Kurt erinnerte sich daran, dass an der Eingangstüre des Möbelhauses „OPEN" stand. Er vermisste aber das Schild auf dem „MAN SPRICHT DEUTSCH" stand. Deshalb war er sich nicht ganz sicher, ob in dem Laden überhaupt Deutsch gesprochen wird. War es ein Ami-Laden? Mit breiten amerikanischen Matratzen?

Als es Hilde denne „Ab-1200-Euro-Preis" gelääs hodd, hadd's denne Herr läschle gelossd, machd e Schwenk und guggd sisch nòh billischàre Madratze um. Ìmm Slalom ess'e um die ‚normale' Madratze 'e'rum gekurvd unn hodd all denne ihr Qualidääd dòrsch Enndrigge medd dà Fingre begudachded. Sie hodd zu jedem Druggtesd und Preis e Kommendar abgäbb, denne er zwar heere solld, zu demm sie sisch awwà nedd nòh hinne, zum ihm hinn, rummgedrähd hodd. De Kurt ess ihr äänfach wordlos nòhgeloff.

'S war aach gudd so, weil's Hilde so sei gelangweildes Gesischd nedd gesiehn hodd, unn'em Kurt das Gemaule, er wird ihr schunn widdà nedd zuheere, erschbard geblieb ess. Er hadd sisch pàduu nedd fà das Ìnnelääwe vunn denne Madratze und de Vàschmutzungseischenschafde vunn ihre Iwwaziesch indresierd. Em Kurt hodde schunn nòh weenische Minudde die Fieß weh geduun. Wie fàschd ìmmà, wenn er medd seinà Fraa mòhl ìnn e Kaafhaus gehd. De Kurt wolld sisch nur noch irschendwo ìnn e Ägge setze und druff waade, dass sie saad: „Komm wir gehen."

Dòhzu ess'es awwà nedd kumm. E eifrischi Vàkeifàrin ìmm middlàre Aldà laafd uff's Hilde zu, unn fròhd: "Kann ich Ihnen helfen?"
Sofòàd hadd de Kurt sisch vòr sei Fraa geschdelld, um zu vàhinnare, dass die Madratze-Fee seinem gudde Schdigg äbbes uffschwätzd.

Es werrd Ernschd
De Kurt konnd awwà nedd vàhinnare, dass sich zwischen seinà Fraa unn der Madratzevàkeifàrin – Mutschler hadd se gehiesch – e Fachdialog endwiggeld hodd

Als Hilde den „Ab-1200-Euro-Preis" las, ließ sie den Herrn lächeln, machte einen Schwenk und begann sich nach günstigeren Matratzen umzusehen.
Sie kurvte im Slalom um die „normalen" Matratzen und begutachtete deren Qualität durch Fingereindrücken.
Sie gab zu jedem Drucktest und Preis einen Kommentar ab, den er zwar hören sollte, zu dem sie es aber nicht für nötig hielt, sich nach hinten, zu Kurt hin, umzudrehen.
Kurt folgte ihr wortlos.
Das war auch gut so, denn so gewahrte Hilde sein gelangweiltes Gesicht nicht, und Kurt blieb der Anpfiff, er würde ihr schon wieder nicht zuhören, erspart. Er interessierte sich par tout nicht für das Innenleben von Matratzen und die Verschmutzungseigenschaften ihrer Außenhaut.
Ihm schmerzten schon nach wenigen Minuten die Füße. So wie es immer bei gemeinsamen Kaufhausbesuchen mit seiner Frau war.
Er dachte nur noch daran, sich irgendwo in eine Ecke zu setzen und darauf zu warten, dass sie sagte: „Komm wir gehen."
Dazu kam es nicht. Eine beflissene Verkäuferin mittleren Alters spurtete mit der Frage: „Kann ich Ihnen helfen?", auf Hilde zu.
Sofort trat Kurt seiner Frau zur Seite, um Schlimmes zu verhindern. Gott weiß, was die Matratzen-Fee seiner Angetrauten aufschwatzen wollte.

Es wird Ernst
Kurt konnte aber nicht verhindern, dass sich zwischen seiner Frau und der Matratzenverkäuferin – sie hieß Mutschler – ein Fachdialog entwickelte.

Dòhbei ess'es um Härdegrade, um Fäddàkerne, Schaumschdoff-Kombinadjone, diffàrenzierde Segmend-Elasdizidäd, abnemmbarem, wäschbarem Iuwàzuuch, Hausmilbe, Admungsagdiwidäd, unn unn unn gang. Unn sogar um HIGH-TECH MEMORY MATRATZEN, *die sisch merge kännde wie mà inn dà Naachd vòrhää gelääh hodd. Dòh dengkd de Kurt: „Geh fòrd, – Madratze die òdme und sich merge was im Bedd gedrieb werrd? – Dòh soll mòhl äänà ohne Albdrääm schlòòfe känne!" Die Vàkeifàrin saad:* „Legen Sie sich ruhig mal auf eine Matratze. Sie können gerne die verschiedenen Härtestufen ausprobieren."
'S Hilde fròhd die: „Mit den Schuhen?".
Die Mutschlàsch saad: „Selbstverständlich, da können sich alle Kunden drauf legen. Da sind ja extra starke Folien am Fußteil aufgebracht worden."
De Kurt fròhd sisch: „Wenn dòh jedà Kunne driwwà rudschd, dann misse jòh imm Schdoffdääl vunn der Madratz Dausende vunn Milwe senn! Wechsele die weenischens de Schdoffdääl vunn der Madratz effdà aus?" Sisch dòhdriwwà de Kobb ze vàbresche war iwwàflissisch, weil sei Eheweib uff'm bäschde Wähj war, nimmeh „nur zu schauen".
'Sei Hilde hadd sisch mir-nix dir-nix uff die Madratz gelehd. Als die Mutschlàsch mennd de Kurt solld sisch doch aach lehje, holld der dief Lufd unn leed sich. Sei Leiblsche guggd zu ihm riwwà unn fròhd: „Und wie liegst Du?"
„Hm, gehd so", *saad er gelangweild.*
Ääs: „Zu hart oder zu weich? – Komm wir wechseln mal". *So ess'es dass dann noch mehr mòhls hinn unn hää gang, bis die zwä all Madratze der gehobenen Middelklasse, unnà fachlischà Anlädung vunn der Frau Mutschler, dòrschgetesded hodde.*

Dabei ging es um Härtegrade, Federkerne, Schaumstoff-Kombinationen, differenzierte Segment-Elastizität, abnehmbarem, waschbarem Überzug, Hausmilben, Atmungsaktivität, und und und.
Es ging sogar um HIGH-TECH MEMORY MATRATZEN, die sich merken konnten, welche Liegepositionen man in der Nacht zuvor eingenommen hatte. Da dachte Kurt: „Was – Matratzen die atmen und sich merken was im Bett getrieben wird? – Da soll mal einer ohne Alpträume schlafen können!"
Die Verkäuferin sagte: „Legen Sie sich ruhig mal auf eine Matratze. Sie können gerne die verschiedenen Härtestufen ausprobieren",.
Hilde fragte: „Mit den Schuhen?".
Frau Mutschler antwortete: „Selbstverständlich, da können sich alle Kunden drauflegen. Da sind ja extra starke Folien am Fußteil aufgebracht worden."
Kurt fragte sich: „Wenn da jeder Kunde drüberrutscht, dann müssen im Stoffteil der Matratze ja Tausende von Milben sein! Wechseln die wenigstens den Stoffteil der Matratze öfter aus?" Darüber zu sinnieren war überflüssig, denn sein Eheweib war auf dem besten Wege, nicht mehr „nur zu schauen".
Hilde lag bereits in der Waagerechten, als Frau Mutschler Kurt aufforderte, es seiner Frau gleichzutun. Er holte tief Luft und legte sich.
Sein Täubchen sah zu ihm herüber und fragte. „Und wie liegst Du?"
„Hm, geht so", antwortete er unbeteiligt.
„Zu hart oder zu weich? – Komm wir wechseln mal".
So ging das dann noch mehrere Male hin und her, bis die beiden alle Matratzen der gehobenen Mittelklasse unter fachlicher Anleitung von Frau Mutschler durchgetestet hatten.

Dann fròhd die Mutschlàsch: „Und welche sagt Ihnen zu?"
'S Hilde hodd die Schullàre hoch gezòh unn saad: „Ich weiß nicht so recht."
Dòhruff mennd de Kurt: „Du leihschd doch gäre äbbes härdà."
Kaum saad er das, dòh dengkd'à: „Vàdammd, eischendlisch wollde mir doch nur mòhl gugge! Unn jetzd? Jetzd senn doch glaare Kaafabsischde draus wòr!"
Die Vàkeifàrin fròh: „Wie schlafen Sie denn normalerweise? Auf der Seite, auf dem Rücken oder etwa auf dem Bauch?"
„Einschlafen kann ich am besten auf dem Bauch".
„Auf dem Bauch? – Das ist aber gar nicht gut. – Das geht ins Kreuz."
„Siehsch'de!", *saad Kurt,* „*Das breedische isch dir schunn seid Jòhre. Häddschde uff misch geheerd, hädde mià kä neije Madratze gebrauchd!*"
Emm Kurt sei Geschbräschsbeidrach hodd offebar die Ìnnschdingkde der Vàkeifàrin wach geruuf.
Sogar der Vàkeifà fà die Heih-Tesch-*Madratze ess ìnn demm Momend nähjà kumm, um seinà Kolleeschin ze helfe.*
Die Mutschlàsch hodd blitzschnell enngewòrf: „Und auf diese Modelle erlassen wir Ihnen die Mehrwertsteuer. Dann sparen Sie neunzehn Prozent. Wenn Sie dann noch bar bezahlen, gehen noch mal drei Prozent ab. Dann bekämen Sie die Wahre um insgesamt zweiundzwanzig Prozent billiger, als der reguläre Verkaufspreis beträgt".
Der Heih-Tesch-*Mensch niggd heeflisch unn mennd noch:* „So wie es in unsere Werbung steht."
Dòhdruffhinn ess'es nommòh zu'rà vàkerrzd Brobeleihje- Runde kumm.

Die Mutschlers fragte Hilde: „Und welche sagt Ihnen zu?"
Hilde hob die Schultern und sagte: „Ich weiß nicht so recht."
Darauf meinte Kurt: „Du liegst doch gerne etwas härter."
Kaum sagte er das, da dachte er: „Verdammt, eigentlich wollten wir doch nur mal Schauen! Und jetzt? Jetzt sind reale Kaufabsichten daraus geworden!"
Um die Sache vorwärts zu bringen, fragte die Verkäuferin „Wie schlafen Sie denn normalerweise? Auf der Seite, auf dem Rücken oder etwa auf dem Bauch?"
„Einschlafen kann ich am besten auf dem Bauch".
„Auf dem Bauch? – Das ist aber gar nicht gut. – Das geht ins Kreuz."
„Siehste!", sagte Kurt, „das predige ich dir schon seit Jahren. Hättest du auf mich gehört, hätten wir keine neuen Matratzen gebraucht".
Kurts Gesprächsbeitrag alarmierte offenbar die Instinkte der Verkäuferin. Selbst der Verkäufer für High-Tech-Matratzen trat in dem Moment näher, um seiner Kollegin notfalls verbal unter die Arme zu greifen. Frau Mutschler warf geistesgegenwärtig ein: „Und auf diese Modelle erlassen wir Ihnen die Mehrwertsteuer. Dann sparen Sie neunzehn Prozent. Wenn Sie dann noch bar bezahlen, gehen nochmal drei Prozent ab, so dass Sie die Ware um insgesamt zweiundzwanzig Prozent billiger bekämen, als der reguläre Verkaufspreis beträgt."
Der High-Tech-Mensch nickte höflich und bestätigte: „So wie es in unserer Werbung steht."
Daraufhin kam es noch einmal zu einer verkürzten Probeliege-Runde.

Dòhbei senn nedd nuà die Härde getesded wòr, sonnann aach das „Liegewohlbefinden" vunn dà Bään, emm Bauch, Rigge unn emm Kobb uff denne schbeziell fà de Bedarf vunn denne Kerbàdääle enngeschdellde Madratzedääle.
„Nur gugge" dudd de Kurt lang nìmmeh. Er dengkd: „Wenn's schunn e neiji Madratz fà mei Fraa gäbbd, dann will isch weenischens aach e neij hann, uff der isch gudd leihje."

Umgefall
Die Mutschlàsch machd e ungeduldisches Gesischd unn wolld zum'e Schluss kumme.
Verrzisch Jòhr Ehe formd Geschmagg und Bedirfnisse zu'rà groß Iwwàennschdimmung. So war's dann aach als die zwä e Madratz ausgewähld hann nedd vàwunnàlisch, dass sei Fraa unn er gleischzeidisch zu der Vàkeifàrin saade: **„Die"**! *Dòhbei aach die Hänn sefòrd uff ään unn die selb Madratz gelehd hann.*
Die Mutschlàrin saad: „Das ist aber eine Gute, die habe ich mir auch gekauft."
„Godd nää!", dengkd de Kurt, „Denne faule Kommendar hädd s'e sisch schbare känne. Das saan die Vàkeifàrinne ìmmà dann, wenn s'e bei zähje Geschäfde Iwwàzeichungswerbung mache misse. Denne Trick hadd die Fraa, bei der mir läddschdes Jòhr de Disch gekaafd hann, aach brobierd. Wenn das schdimme dääd – wievell Dische, Madratze oddà Fernsehjà hädd e Vàkeifàrin dann dehemm?"
'S Mutschlà saad noch, dass die billischd vunn denne „gudde" Madratze nuà als „Komplett-Angebot" ze grien wär. Dòh fròhd's Hilde: „Was heißt Komplettangebot?"
Die Andwoàd war: „Nun, das gilt nur zusammen mit dem Kauf eines Lattenrostes."

Dabei wurden nicht nur Härten getestet, sondern auch das „Liegewohlbefinden" von Bein, Bauch, Rücken und Kopf auf den speziell auf den Bedarf dieser Körperteile ausgerichteten Matratzensektoren.

„Nur schauen" tat Kurt lange nicht mehr. Er dachte: „Wenn schon eine neue Matratze für Hilde, dann will ich aber auch eine haben, auf der ich gut liege."

Die Wende
Frau Mutschler drängte mit fragendem Gesicht zu einer Entscheidung
Vierzig Jahre gemeinsam am Tisch und im Bett, das formt Geschmack und Bedürfnisse zu großer Übereinstimmung.
So war es auch bei der Matratzenwahl nicht verwunderlich, dass beide gleichzeitig zu Frau Mutschler sagten: **„Die"**! Dabei auch gleichzeitig die Hände auf ein und die selbe Matratze legten.
Die Verkäuferin sagte: „Das ist aber eine Gute, die habe ich mir auch gekauft."
In dem Moment dachte Kurt: „Gott nein! Diesen faulen Kommentar hätte sie sich jetzt sparen können. Das sagen Verkäuferinnen immer dann, wenn sie bei zähen Geschäften Überzeugungswerbung betreiben müssen. Den Trick hat die Dame, bei der wir letztes Jahr den Tisch gekauft haben, auch angewandt. Wenn das stimmen würde, wie viele Tische, Matratzen oder Fernseher hätten Verkäuferinnen dann wohl zu Hause?"
Frau Mutschler teilte Hilde mit, dass die gewählte Matratze Teil eines Komplettangebotes wäre.
Hilde fragte; „Was heißt Komplettangebot?"
„Nun – der Matratzenpreis gilt nur, zusammen mit dem Kauf eines Lattenrostes."

Bevòr de Kurt saan konnd, dass sie awwà eischendlisch nur Madratze kaafe wollde, saad sei Liebsche zu der Vàkeifàrin: „Ja die brauchen wir auch. Unsere Roste sind schon vierzig Jahre alt. Bei denen sind die Latten schon kaputt. Da gibt es heute bestimmt bessere, die man individuell verstellen kann."
Nadierlisch loobde die Mutschlàsch sofort ihjà modernà Ladde-Rooschdbeschand unn zeihd 'ne aach Möbel Martas topp HIGH-TECH - Ladde-Rooschde.
De Kurt saad garnix meh. Er hodd nämlisch sei Gesischd vòr sisch selbschd vàlòhà! Was solld'n er zu denne Rooschde aach noch saan, wenn er wehe denne Madratze schunn uffgäbb hodd? Wie solld er dann demm vòrhääsehbare Argument vunn seinà Fraa: „Wir können doch die neuen Matratzen nicht auf alte, kaputte Latten legen", *jetzt noch äbbes endgehjebringe. Er hodd nuà noch uff die Fröh vunn der Vàkeifàrin gewaad, ob die Madratze und der Ladde-Rooschd fà e Neinzischà- oder e Äänmedà-Bedd senn sollde. Die Mutschlàsch fròhd aach prommd, wie brääd ihr Bedde wäre, zwä Meter oddà äänzneinzischsch. De Kurt saad:* „Wir haben zwei zusammengestellte Ein-Meter-Einzelbetten und dazu die entsprechenden Roste. Folglich sollten die neuen Matratzen für diese Größe passend sein. Wir wollen unsere Kirschbaum-Furnier-Bettgestelle weiterverwenden. Schließlich sind sie noch gut und schön."
„Also zwei Matratzen mit Rosten für zwei Einmal-Zwei-Meter-Betten", *saad die Mutschlàsch.*
De Reschd war schnell gang. Der "Komplettpreis" ess ausgereschned wòr. De Kurt hodd die Aanzahlung gemachd, die Vàkeifàrin hadd sisch uffgeschrieb wo alles hinngebrung werrd, unn die emm Meewellaachà sollde'ne saan, wann s'e das Ganze bringe dääde.

Bevor Kurt sagen konnte, dass sie aber eigentlich nur Matratzen kaufen wollten, sagte Hilde zu der Verkäuferin: „Ja, die brauchen wir auch. Unsere Roste sind schon vierzig Jahre alt. Bei denen sind die Latten schon kaputt. Da gibt es heute bestimmt bessere. Solche die man individuell verstellen kann."
Natürlich pries Frau Mutschler sofort ihren modernen Lattenrostbestand und zeigte ihnen umgehend auch Möbel Martas topp HIGH-TECH - Lattenroste.
Kurt sagte gar nichts mehr. Er hatte sein Gesicht vor sich selber verloren! Was sollte er zu den Rosten denn noch sagen, wenn er den Matratzen schon erlegen war. Wie sollte er dann dem vorhersehbaren Argument seiner Frau: „Wir können doch die neuen Matratzen nicht auf alte, kaputte Latten legen", jetzt noch etwas entgegensetzen.
Kurt wartete nur noch auf die Frage der Verkäuferin, ob Matratze und Lattenrost für ein Neunziger- oder ein Ein-Meter-Bett sein sollten. Frau Mutschler fragte auch prompt, wie breit ihre Betten wären – zwei Meter oder einsneunzig.
Kurt antwortete: „Wir haben zwei zusammengestellte Ein-Meter-Einzelbetten und dazu die entsprechenden Roste. Folglich sollten die neuen Matratzen für diese Größe passend sein. Wir wollen unsere Kirschbaum-Furnier-Bettgestelle weiterverwenden. Schließlich sind sie noch gut und schön."
„Also zwei Matratzen mit Rosten für zwei Einmal-Zwei-Meter-Betten", notierte Frau Mutschler.
Der Rest ging schnell. Der „Komplettpreis" wurde ausgerechnet. Kurt machte die Anzahlung, die Verkäuferin notierte sich die Liefer-Adresse, und das Auslieferungslager sollte ihnen mitteilen, wann die Lieferung erfolgt.

Die Frau Mutschler mennd noch, dass das bis sechs Wuche daure kännd.
„Sechs Wochen?!", *fròhd's Hilde*, „Da muss ich ja noch so lange auf den alten Dingern schlafen! Ich dachte das geht schneller?!"
„Leider nicht", *saad die Mutschlàsch,* „Die Firmen fabrizieren diese Qualität nicht auf Lager. Das geht auf Bestellung und das braucht seine Zeit."
Dòh guggd's Hilde nòhm Kurt unn saad: „Und ich dachte, wir könnten die alten Matratzen nächste Woche der Sperrmüll-Abfuhr mitgeben".
„Jetzt gugg mòhl ääna aan! Die hadd vòr Wuche schunn alles genau iwwàleed gehadd. Sogar wann s'e äbbes zum Sperrmüll gänn kann! Die hodd beschdimmd aach uff ihr'm Blaan gehadd misch inn der Zeid nedd wannàre gehen ze losse – wie's mei Blaan war!", *grummeld de Kurt gedangevoll.*
Sie senn hemm gefahr.
'S Hilde vàwiggelde de Kurt inn das Madratze-Entsorgungsproblem unn fròhd, ob die Endscheidung fà die Madratze medd der Rücken-Bauch-Bein-Segmentierung *werrglisch die rischdisch war.*

Ze schbääd
'S Hilde vàbräschd sisch aach de Kobb dòhdriwwà, ob ihr Daachesdägg zu denne neije Madratze noch basse dääd. Ganz worres befärschd de Kurt, dass jetzd aach noch neije Beddbeziesch gekaafd werre misse unn dass die Naachdschränkschà nimmeh zeidgemääß wäre.
Bei all demm Geschwätz ess de Kurt dann an der Tankschdell medd demm billische Schbridd vòrbei gefaah – ohne ze tanke! Dehemm hadd 's Hilde dann uff die Reschnung geguggd um die Beschdellung ze kondrolliere unn um de Preis nommòh nòhzerechne.

Frau Mutschler teilte ihnen noch mit, dass die Lieferzeit mindestens sechs Wochen betragen würde.
„Sechs Wochen?!", fragte Hilde, „Da muss ich ja noch sehr lange auf den alten kaputten Dingern schlafen! Ich dachte das geht schneller?"
„Leider nicht", kam die Antwort, „Die Firmen fabrizieren diese Qualität nicht auf Lager. Das geht auf Bestellung und das braucht seine Zeit."
Zu Kurt gewandt sagte Hilde: „Und ich dachte, wir könnten die alten Matratzen nächste Woche der Sperrmüllabfuhr mitgeben."

„Da schau mal einer an! Sie hatte schon vor Wochen an alles gedacht. Sogar wann sie was zum Sperrmüll geben kann. Sie hatte bestimmt auch geplant mich in der Zeit nicht wandern gehen zu lassen – wie es mein Plan war!", grübelte Kurt gedankenvoll.
Sie begaben sich auf die Heimfahrt.
Hilde verwickelte Kurt in eine Matratzen-Entsorgungs-Diskussion und in die Frage, ob die Entscheidung für die ausgewählte Rücken-Bauch-Bein-Segmentierung wirklich die richtige war.

Zu spät
Sie vertiefte sich auch in die Frage, ob ihre Tagesdecke zu den neuen Matratzen noch die passende wäre.
Ganz verwirrt befürchtete Kurt, dass jetzt auch noch neue Bettbezüge gekauft werden müssten und dass die Nachtschränkchen nicht mehr zeitgemäß wären.
Bei all dem Geschwätz fuhr Kurt dann an der Tankstelle mit dem billigen Sprit vorbei – ohne zu tanken! Zu Hause faltete Hilde die Rechnung auf, um die Bestellung noch einmal zu kontrollieren und den Preis nachzurechnen.

Medd 'e'me klääne Uffschrei saad s'e: „Die haben uns ja doch die Mehrwertsteuer berechnet. Oben haben sie die neunzehn abgezogen, und unten haben sie sie wieder draufgeschlagen. Die Lügner!"
„Alles Baurefängàrei! Du haschd känn neinzeh Brozend geschbard! Ich kenne denne Drigg. Kumm, gäbb mà mòhl e Schdigg Babijà, isch reschne dà 's mòhl vòr."
„Wenn du denen das beweisen kannst? Dann fahr ich nochmal hin!"
'S Hilde hodd e Nodiz-Bladd aus ihr'm Kalennà geriss unn'em Kurt gäbb. Der hadd gereschned:

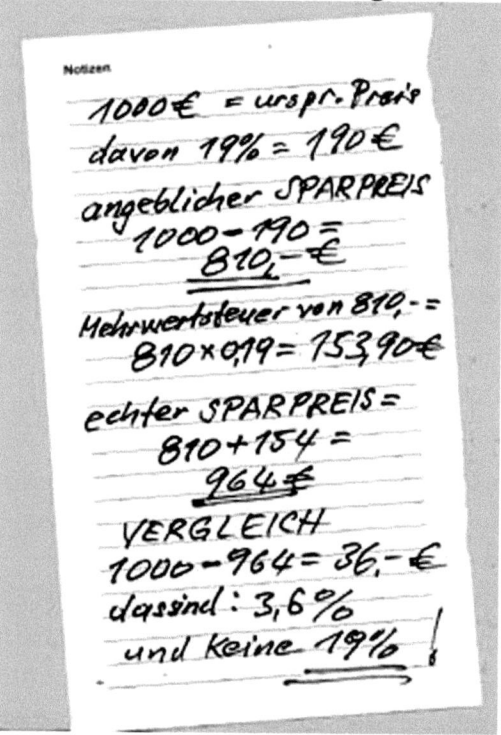

„Siehsch'de, bei'me Aangeboddspreis vunn dausend Euro missde vumm Ennkaafspreis neinzeh Brozend, also hunnadneinzisch Euro, abgezòh gänn.

Dann – mit einem kleinen Aufschrei – sagte sie: „Die haben uns ja doch die Mehrwertsteuer berechnet. Oben haben sie die neunzehn abgezogen, und unten haben sie sie wieder draufgeschlagen. Die Lügner!"
 „Alles Bauernfängerei. Du hast leider keine neunzehn Prozent gespart! Ich kenne den Trick. Komm, gib mir mal ein Stück Papier, ich rechne dir das mal vor.
 „Wenn du denen das beweisen kannst? Dann fahr ich nochmal hin!" Hilde riss eine Notizen-Seite aus ihrem Kalender und gab sie Kurt. Der rechnete.

 „Siehste, bei einem Angebotspreis von tausend Euro müssten vom Einkaufs-Preis neunzehn Prozent, also hundertneunzig Euro, abgezogen werden.

Dann wird's achdhunnadzeh kòschde. Dòhvunn nommòh neinzeh druff geschlaa, senn's rund neinhunnàdviereseschzisch. Das senn nur sechsedreisisch Euro oddà dreikommasiwwe Brozend weenischà unn känn neinzeh! Die hädde dòhzu aach Rabadd saan känne. Mehrwerdschdeijà-Abzuch heerd sisch awwà ginsdischà aan."

„Das ist doch großer Beschiss!" schrie Hilde da.

„*Allàdings! Medd demm Schbruch:* „Lieber Kunde, wir prellen den Staat", *uff Kundefang ze gehn, das bringd Geld ìnn die Kass.", saad de Kurt.*

Dann schdelld 's Hilde aach noch feschd, dass die näägschd Schberrmüllabfuhr eerschd **nòh** *der sechswöschendlische Marta-Liefàrung vòrgesiehn ess.*

„Und wenn die Lieferung doch früher kommen sollte? Dann müssen wir zuvor die alten Matratzen selbst zum Recycling-Hof bringen!"

„*Die vom Wertstoffhof werre disch gleisch wìddà wäggschigge. Madratze känne die doch garnedd recyceln.*"

Dròtzisch saad 's Hilde nur: „Die Matratzen müssen aber raus!"

„*Ph – dann schdelle isch die, bis abgefahr werrd, unne an die Hauswand, nääwe die Wohnung vunn deinà Muddà.*"

„Nein, das geht nicht".

„*Isch dägge s'e doch medd'rà Nylonplan ab.*"

„Nein! Wenn Selma das sieht, gibt's Ärger."

„*Wieso? Dord siehd dei Muddà s'e doch garnedd. Die gehd doch ìmmà dòrsch de Kellà ìnn de Gaade.*"

„Dort können wir sie nicht wochenlang hinstellen, bis die Sperrmüll-Abfuhr kommt. Die Matratzen kommen in die Garage!"

„*Ìnn die Karaasch? Dann muss mei Audo jòh die ganze Zeid uff dà Schdròòß schdehn!*".

Dann wären es noch achthundertzehn Euro. Davon nochmal neunzehn draufgeschlagen, dann kommt man auf rund neunhundertvierundsechzig. Das sind nur sechsunddreißig Euro oder dreikommasieben Prozent weniger und keine neunzehn! Marta hätte dazu auch Rabatt sagen können. Mehrwertsteuer-Abzug hört sich aber verlockender an."
„Das ist doch großer Beschiss!" schrie Hilde da.
„Allerdings! Mit dem Slogan: „Lieber Kunde, wir prellen den Staat", auf Kundenfang zu gehen, das bringt Geld in die Kasse." , sagte Kurt.

Dann stellte Hilde auch noch fest, dass die nächste Sperrmüllabfuhr erst **nach** der sechswöchigen Marta-Lieferung terminiert war.
„Wenn die Lieferung doch früher kommen sollte? dann müssen wir zuvor die alten Matratzen selbst zum Recycling-Hof bringen!"
„Die vom Wertstoffhof schicken dich wieder weg. Matratzen können die doch garnicht recyceln. "
Trotzig kommentierte Hilde: „Die Matratzen müssen aber raus!"
„Ja, dann stelle ich sie so lange unten an die Hauswand, neben die Wohnung deiner Mutter."
„Nein, das geht nicht".
„Ich decke sie doch mit Nylonplanen ab."
„Nein! Wenn Selma das sieht, gibt's Ärger."
„Wieso? Dort sieht deine Mutter sie doch gar nicht. Die geht doch immer durch den Keller in den Garten."
„Dort können wir sie nicht wochenlang hinstellen, bis die Sperrmüll-Abfuhr kommt
Die Matratzen kommen in die Garage!"
„In die Garage? Dann muss mein Auto ja die ganze Zeit auf der Straße stehen!".

„Aber du wolltest doch mit Schorsch noch wegfahren. Dann ist dein Auto sowieso nicht da."
Dòh hadd 's Hilde allàdings Reschd gehadd! Ìnn denne 6 Wuche, wo sie uff die Madratze gewaad hann, konnd de Kurt, dann jòh doch medd seim Freind, ään Wuch, ìnn die Vogese wannàre gehn.
Das hodd'à dann aach gemachd.

„Aber du wolltest doch mit Georg noch wegfahren. Dann ist dein Auto sowieso nicht da."
Darin hatte Hilde allerdings recht.
Während der 6 Wochen, in denen sie auf die Matratze warteten, konnte Kurt eine Woche lang mit seinem Freund zum Wandern in die Vogesen fahren.
Das machte Kurt dann auch.

3. Bruschdsause

Als de Kurt nòh der Wannàwoch hemm kumm ess, gribbeld's 'ne hefdisch an dà reschd Bruschdwaaz.
Daachelang vàbreschd er sisch de Kobb was das senn kännd. Ob's am vàschwitzde Unnàhemd gelääh hadd? 'S Hilde mennd, er wolld jòh unbedingd ìmmà nur die medd de Dobbelribbe aanziehje unn das hädd er jetzd devunn. „Quatsch!", saad de Kurt, „Das iss Eins-A Qualidääd. Das Griwwele kummd vònn demm neije "Noch weißà"-Wäschpulwà, das du haschd."
De Kurt hodd e ìmm Schdoff ganz gladdes Unnàhemd aangezòh. Sei Hilde hadd sei Unnàwäsch nur noch medd Bäbi-Weischschbiehl-Pulwá gewäschd.
Das hadd alles nix gebrung. Die Waaz hadd'em ìmmà noch Sorje gemachd. Er hodd hinn unn hää iwwàleed, wovunn das komme kännd. Es ess'em nix enngefall. Dòh hadd'à doch e bisje die Muffe gridd.
„Es kännd jòh doch äbbes Schlimmes sìnn. Unn schwätz mòhl medd annà Leid iwwà soäbbes! Bruschdsause! Dòh schinierschde disch doch", saad er sisch.
Ìnn seim Keeschelklubb ess e pangsjonierdà Doggdà, denne wolld er mòhl fròhe, ob er soäbbes schunn mòhl vòr sisch gehadd hädd. Der saad: „Ja, eine Entzündung des männlichen Brustgewebes kommt auch vor. Es gibt sogar Fälle von Brustkrebs bei Männern."
De Kurt war wie geläähmd! „Jesses nää, dòh werrschde am Änn aach noch Bruschdkrebs hann!", sorschd'à sisch.
Sei Kamarad Schorsch hodd das meddgridd unn saad: „Ach, mach dir nix draus, mir jugge die Waaze effdà. Beim Radfahre. Wenn mir das Trikot an de Brustwarze scheiàd, dann werre die ganz wund."

Brustsausen

Als Kurt nach der Wanderwoche nach Hause kam, hatte er so ein lästiges Kribbeln an der rechten Brustwarze. Tagelang zerbrach er sich den Kopf, was das sein könnte. Ob das am verschwitzten Unterhemd lag?
Hilde meinte, er wolle ja unbedingt immer nur die mit den Doppelrippen anziehen und das habe er jetzt davon.
„Unsinn!", sagte Kurt, „Das ist Eins-A Qualität. Das Kribbeln kommt von dem neuen "Noch weißer"-Waschpulver, das du benutzt."
Kurt zog ein im Stoff ganz glattes Unterhemd an. Seine Hilde wusch seine Unterwäsche nur noch mit Baby-Weichspül-Pulver. Es nutzte nichts. Die Warze machte ihm immer noch Sorgen. Er überlegte hin und her, wovon das kommen könnte. Es fiel ihm nichts ein. Da bekam er Bedenken, es könnte ja doch etwas Schlimmes sein. „Nun spreche mal mit anderen Leuten über so etwas! Brustsausen! Da geniert man sich doch", resümierte er.

In seinem Kegelklub gab es einen pensionierten Arzt, den fragte er, ob er so etwas schon mal erlebt habe. Der sagte: „Ja, eine Entzündung des männlichen Brustgewebes kommt auch vor. Es gilbt sogar Fälle von Brustkrebs bei Männern."
Kurt war wie gelähmt!: „Gott, nein, da werde ich am Ende noch Brustkrebs haben!", befürchtete er.
Sein Kamerad Georg bekam das Gespräch mit und sagte: „Ach, mach dir nichts draus, mir jucken die Warzen öfter. Beim Radfahren. Immer dann, wenn mein Trikot an den Brustwarzen heftig scheuert, dann werden sie ganz wund."

„Nòjà, wenn das bei mir aach vunn so was kummd, dann kann's jòh nix Schlimmes senn. Dann werrd's jòh ball widdà wäggehen", hodd sich de Kurt beruhischd. Doch dann falld'm ìnn, dass'á garkänn Rad gefaah war! Er fròhd sisch: „Ei vunn was kännd's'n dann senn? Villeischd vumm Wannàre? Weil mà de Dräschà vumm Ruggsagg ìmmà genau iwwà die Waaze gelaafd ìss? Unn das daachelang. Wieso dann awwà nur uff da rechd Seid wo der Ruggsagg doch zwä Dräschà hadd? Villeischd hann isch doch de Ruggsagg als e'mòhl nur medd äänem Dräschà grad so iwwà die Schullà gedrah? Gudd, das ess jetzd awwà schunn e Wuch hää. Das Gribbele missd dann also ball uffheere."
Es hodd unn hodd awwà nedd uffgeheerd! Ìmm Gehjedääl! Nòh dà zwädd Wuch hadd'em die link Bruschdwaaz aach gegriwweld. Er hodd sei Fraa gefròhd ob sie aach als mòhl Bruschdjugge hädd, wo die doch vill greeßàre Waaze hädd. 'S Hilde mennd empfindlische Bruschdwaaze hädd sie nur beim Schdille gehadd. Dann wäre die ganz gereizt gewehn. „Jesses nää", isch kann doch nedd schwangà senn! Ei was ess das nuà? Doch Bruschdkrebs villeischd?", fròhd er sisch
'S Hilde mennd noch: „Ja, ich habe irgendwann mal gehört, dass auch Männer so etwas bekommen können."
Unn dann lääsd de Kurt aach noch ìnn dà Zeidung:

Brustkrebs bei Männern

Brustkrebs ist keine reine Frauenkrankheit. Jedes Jahr erkranken bis zu 600 Männer in Deutschland daran. Ihre Heilungschancen sind schlecht, weil die Krankheit meist viel zu spät erkannt wird.

„Nun, ja, wenn das bei mir auch von so etwas kommt, dann kann es ja nichts Schlimmes sein. Dann wird es ja bald wieder weggehen", beruhigte sich Kurt. Doch dann fällt ihm ein, dass er doch gar nicht Rad gefahren war. Er fragte sich: „Von was könnte das Jucken denn dann kommen? Vom Wandern vielleicht? Weil mir dabei ein Träger des Rucksacks immer genau über die Warzen verlief? Und das tagelang, wie zuletzt in den Vogesen. Wieso dann aber nur auf der rechten Seite, wo der Rucksack doch zwei Träger hat? Vielleicht habe ich den Rucksack doch öfters grade nur mit einem Träger über den Schultern getragen? Gut, das ist jetzt aber schon eine Woche her. Dann müsste das Jucken ja bald aufhören."
Es hörte und hörte aber nicht auf! Im Gegenteil! Eine Woche später juckte seine linke Brustwarze auch!
Er fragte seine Frau, ob sie gelegentlich auch mal Brustjucken habe, wo sie doch viel größere Warzen hätte. Hilde meinte, empfindliche Brustwarzen habe sie nur beim Stillen gehabt. Dann wären ihre sehr gereizt gewesen.
„Jesus", dachte er, „ich kann doch nicht schwanger sein! Aber was ist das denn nur? Ist es vielleicht doch Brustkrebs?"
Hilde meinte noch: „Ja, ich habe irgendwann mal gehört, dass auch Männer soetwas bekommen können."
Und dann las Kurt das auch noch in der Zeitung!(S70)

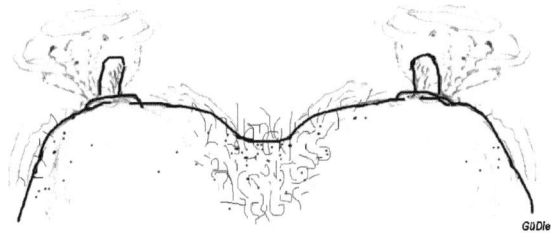

De Kurt hodd ball kaum noch geschlòòf, so hadd der Gedangke an Bruschdkrebs ihne beschäfdischd.
Also ess er zu seinà Hausärzdin gang, damedd die mòhl guggd, was das senn kännd. Die hodd er gudd gekannd unn die konnd er ganz vàdraulisch fròhe ob Männà sowas griehn kännde.

Denne Määde inn der Praxis-Anmeldung saad er nedd, um was es gehd, nur dass er dringend medd dà Scheffin schwätze missd. Als de Kurt dann bei der drìnn war, war die nedd alään. Nääwe der hodd e Medizinschdudendin geschdann, die graad e Bragdikum gemachd hodd. Das hädd nedd ze senn brauche, weil's doch vàdraulisch senn solld.
Die Scheffin mergd dass er sisch schinnierd unn saad, das junge Ding missd: „... in alle medizinischen Fällen Einblick erhalten."
De Kurt dengkd: „Okay, wenn's dann senn muss – dann hald ääwe!"
Sei Dogdasch fròhd'ne, wass'em fähld. Jetzd war ihm das doch e bisje peinlisch bei demm junge Ding nääwedraan zu saan: „Isch hann's Sause an meine Bruschdwaaze."
Er hodd sisch iwwàwunn unn Schdigg fà Schdigg vàzeehld, was medd seine Bruschdwaaze los war. Dòhbei hadd'à ìmmà vàlehje nòh der Bragdikandin geguggd, ob die villeischd grinse dudd.
Die Dogdasch saad: „Nun, dann zieh dich mal aus, damit ich sehen kann, ob was Auffälliges zu sehen ist."
Normalàweis machd's'em Kurt jòh iwwàhaubd nix aus vòr fremde Leid medd'em Owwàkerbà rumzelaafe. Ìmm Gehjedääl! Am Schdrand holld er exdra dief Lufd unn bumbd sei Bruschdkorb uff, damedd die Leid sei Muggis siehn.

Es raubte Kurt fast den Schlaf, so hatte der Gedanke an eine mögliche Krebserkrankung ihn beschäftigt.
Also ging er zu seiner Hausärztin, damit die mal schauen sollte, was das sein könnte. Sie war eine gute Bekannte von ihm und sie konnte er ganz vertraulich fragen ob Männer so etwas bekommen können.
Den Mädchen in der Praxis-Anmeldung sagte er nicht, um was es ging, lediglich, dass er dringend mit ihrer Chefin sprechen müsse.
Als Kurt dann im Arztzimmer stand, war die Ärztin nicht alleine. Neben ihr stand eine Medizinstudentin, die gerade ein Praktikum absolvierte.
Das kam ihm sehr ungelegen. Er bat um vertrauliche Vieraugen-Behandlung. Doch die Chefin meinte, das junge Ding müsse „... in allen medizinischen Fällen Einblick erhalten."
Kurt dachte: „Okay, wenn es sein muss – dann halt eben!"
Seine Ärztin fragte ihn, was ihm fehle. Jetzt war ihm das doch ein bisschen peinlich, bei dem jungen Ding neben ihr zu sagen: „Ich habe das Sausen an den Brustwarzen."
Aber dann erzählte er trotzdem Stück für Stück, was mit seinen Brustwarzen los war. Dabei schaute er immer verlegen nach der Praktikantin, ob sie vielleicht grinste.
Die Doktorin sagte: „Nun, dann zieh dich mal aus, damit ich sehen kann, ob was Auffälliges zu sehen ist."
Normalerweise machte es Kurt ja überhaupt nichts aus vor fremden Leuten mit freiem Oberkörper herumzulaufen. Im Gegenteil! Am Strand holte Kurt immer tief Luft und pumpte seinen freien Brustkorb auf, damit die Leute seine Muckis sahen.

Jetzd awwà, medd demm Gedangke an sei Bruschdwaaze, die gribbele als wenn er e Bobbelsche geschdilld hädd, hodd de Kurt sisch gefiehld wie e schischdànes Weibsbild. Es war'em nedd ään Duhn. Besonnàschd vòr der jung Schdudendin hodd's de Kurt schinierd. Es hodd nix gehòlf, sei Dogdàsch wolld, dass er sisch frei machd. Als de Kurt owwerum naggisch vòr der geschdann hodd, saad die: „An den Warzen sieht man aber keine Auffälligkeiten. Keine Rötungen und keine Schwellungen."
Aus'em Auewingel e'raus schield de Kurt nòh demm junge Ding unn siehd, dass die ganz neigierisch geguggd hadd. Als er die Ärztin gefròhd hodd, ob's aach Männà medd Bruschdkrebs gääb, hodd das Jung die Aue uffgeriss. Die Dogdàsch saad: „Sicher, das ist zwar selten, aber es kommt schon mal vor. Ich kann ja mal fühlen, ob du einen Knoten im Gewebe hast."
Die greift ihm an das bisje Bruschd, was e Mann jòh aach hadd, unn kneedeld dran rum. Uff beide Seide. Was war dass 'em Kurt uff äänmòhl so saupeinlisch! Dann saad sie, sie kännd nix fiele. Dòhbei ess de Kurt rot aangeloff wie e Zwölfjährisches, das es eerschde Mòhl beim Gynäkologe iss. Nadierlisch wolld er e Ganz Mann senn unn saad zu der jung Schdudendin: „Wollen sie auch mal?"
Die Bragdikandin saad kòrz: „Jà." *Unn als wenn s'e die ganz Zeit druff gewaad hädd, grabschd die medd zwä Hänn nòh seinà Bruschdmuschguladur.*
Die Dogdàsch saad schnell: „Eigentlich bin ich ja für solche Befunde nicht die Fachärztin. Wenn du wissen willst, was da wirklich mit deiner Brust los ist, dann musst du zum Gynäkologen gehen. Ich schreibe dir eine Überweisung."
De Kurt zum'e Frauearzd? Das hodd'em graad noch gefähld!

Jetzt aber, mit dem Gedanken an Brustwarzen, die kribbelten, als wenn er ein Baby gestillt hätte, fühlte er sich wie ein sich zierendes Weibsbild. Da war es ihm nicht ein Tun. Besonders vor der jungen Studentin geniert sich Kurt. Es half nichts, seine Ärztin wollte, dass er sich frei machte. Als Kurt obenherum nackt vor ihr stand, sagte sie: „An den Warzen sieht man aber keine Auffälligkeiten. Keine Rötungen und keine Schwellungen."
Aus den Augenwinkeln heraus schielte Kurt nach dem jungen Ding und bemerkte, dass sie sehr neugierig war. Als er die Ärztin fragte, ob es auch Männer mit Brustkrebs gäbe, riss die junge Praktikantin die Augen auf. Die Doktorin antwortete: „Sicher, das ist zwar selten, aber es kommt schon mal vor. Ich kann ja mal fühlen, ob du einen Knoten im Gewebe hast."
Da griff sie ihm an das bisschen Brust, das ein Mann ja auch hat, und knödelte daran herum. Auf beiden Seiten. Was war das dem Kurt auf einmal so verdammt peinlich! Dann sagte sie, sie könnte nichts fühlen. Kurt lief rot an wie eine Zwölfjährige, die sich zum ersten Mal bei einem Gynäkologen untersuchen lässt. Natürlich wollte er ein ganzer Mann sein und sagte zu der jungen Studentin: „Wollen sie auch mal?" Die Praktikantin sagte kurz: „Ja." Und als wenn sie die ganze Zeit darauf gewartet hätte, grapschte sie mit beiden Händen nach seiner Brustmuskulatur. Die Ärztin sagte schnell: „Eigentlich bin ich ja für solche Befunde nicht die Fachärztin. Wenn du wissen willst, was da wirklich mit deiner Brust los ist, dann musst du zum Gynäkologen gehen. Ich schreibe dir eine Überweisung."
Der Kurt zum Frauenarzt? Das hatte ihm gerade noch gefehlt!

Sie saad noch, drauße die Määde vunn der Aufnahme kännde ihm gleich e Termin bei dem Gynäkologe ìmm Haus nääwedraan mache. Genau das wolld de Kurt awwà käänesfalls hann! An dà Theek hädde die ihne noch vòr alle waadende Padjende gefròhd, wann unn zu welschem Frauearzd er gehen wolld.
E Termin wolld er ohne Zuheerà liewà selwà mache.
Medd'rà Iwwàweisung ìnn dà Hand ess er aus dà Praxis gang unn gleich nääwedraan an die Dijà vunn der gynäkologisch Praxis.
Er wolld gugge, wann die uff hann.
Als er grad das Schild medd denne Effnungszeide schdudierd hadd, schdeihd e Mann aus'em Audo aus unn fròhd: „Wollen sie zu mir?"
De Kurt drähd sisch vàdutzd zu demm rum unn saad: „Ich kenne Sie nicht, Wer sind Sie denn?"
Saad der: „Mir gehört die Praxis dort. Um was geht es denn?" *Dòh es de Kurt zu demm Gynäkologen ans Audo unn saad, er missd an dà Bruschd unnàsuchd gänn, weil er villeischd e Knoode drìnn hädd.*
Saad der Kerl, als wenn's die greeschd Selbschdvàschdännischkääd wär: „Da sind Sie bei mir richtig. Darf ich mal fühlen?" *Unn dòh wolld der emm Kurt uff dà Schdrööß an de Buuse greife!*
Das hodd de Kurt awwà zefòrd abgewehrd.
De Kurt saad geschoggd: „So geht's ja nicht! Bitte doch nicht aller Öffentlichkeit, Herr Doktor."
Dòh lachd der Mann, unn saad: „Gut, dann kommen Sie morgen um 14 Uhr zu mir. Sie kommen dann gleich an die Reihe."
De Kurt ìss hemm gefaah unn hadd alles seinà Fraa vàzeehld. Es Hilde saad: „Was, du musst zu meinem Gynäkologen? Will der bei dir vielleicht eine Mammographie machen? Bei dem bisschen? Das geht doch garnicht."

Beim Rausgehen sagte sie noch, die Mädchen von der Anmeldung könnten ihm gleich einen Termin mit dem Gynäkologen im Haus nebenan vereinbaren.
Genau das wollte Kurt aber keinesfalls! An der Theke hätten die ihn noch vor allen wartenden Patienten gefragt, wann und zu welchem Frauenarzt er gehen wolle. Das wollte er ohne Zuhörer lieber selber regeln.
Mit einer Überweisung in der Hand ging er aus der Praxis und gleich nebenan an die Türe der Gynäkologischen Praxis. Er wollte nachsehen, welche Öffnungszeiten sie hatte. Als er das Schild mit den Öffnungszeiten studierte, stieg ein Mann aus seinem Auto und fragte: „Wollen Sie zu mir?"
Kurt drehte sich verdutzt zu dem Herrn um und sagte: „Ich kenne Sie nicht. Wer sind Sie denn?"
Der Mann stellte sich vor: „Mir gehört die Praxis dort. Um was geht es denn?" Da ging Kurt zu dem Gynäkologen ans Auto und sagte, er müsse an der Brust untersucht werden, weil er vielleicht einen Knoten darin hätte. Da sagt der Herr, als wenn es die größte Selbstverständlichkeit wäre: „Da sind Sie bei mir richtig. Darf ich mal fühlen?"
Und dann wollte er Kurt auf der Straße an den Busen fassen! Sofort wehrte der ihn ab: „So geht's ja nicht! Bitte doch nicht in aller Öffentlichkeit, Herr Doktor", sagte Kurt frustriert. Da lachte der Arzt, und sagte: „Gut, dann kommen Sie morgen um vierzehn Uhr zu mir. Sie kommen dann gleich an die Reihe"
Kurt fuhr nach Hause und erzählte alles seiner Frau. Hilde sagte: „Was, du musst zu meinem Gynäkologen? Will der bei dir vielleicht eine Mammographie machen? Bei dem bisschen? Das geht doch garnicht."

„Wie der mich unnàsuchd, das wääß isch nedd. Der werrd's so mache, wie er's bei dà Fraue aach machd. Schließlisch gehd's um Bruschdkrebs"
„Meine Brüste kann man ja zwischen zwei Platten legen und dann durchleuchten, aber bei Dir?"
„Wääsch'de, egal was der machd, isch gehn mòrje dòrd hinn! Das muss jetzd feschdgeschdelld gänn, was medd meinà Bruschd los ess."

Ganz peinlisch
Am annàre Daach hodd de Kurt schunn um verrdelvòr zwä ìnn seim Audo vòr der Praxis gesetzd. Er wolld um Punkd zwä, noch vòr alle Padjendinne kumme, e'rìnn husche. Femf Minudde vòr zwä ess e Freilein ìnn weiße Kläädà kumm unn dort e'rìnn gang. „Das werrd die Schbreschschdunnegehilfin senn", saad de Kurt sisch unn ess der schnell nòh, die Dijà e'rìnn. Als er dann ìnn demm Vòrraum vunn der Praxis war, ess'à vàschrogg. Dòh hodde jòh schunn femf Fraue drìnn gesetzd! Das Määde wo vòr ihm rìnn ess, war's läddschd das zum Dienschd kumm ess. Ihr Kolleeschin war friehjà dòh gewehn unn hodd schunn vòrzeidisch die Weiwà e'rìnn gelossd.
De Kurt hodd e bisje vàglemmd nääwe denne Fraue geschdann, die dòh uff dà Schdiehl gesetzd hodde. Die hodde all die BUNTE oddà die FÜR SIE gelääs unn kaum nòh'm geguggd. Beschdìmmd hann s'e gemennd, er wär so e Pharma-Vàdreedà.
Hinnà'm Aanmeldungs-Dreese hadd e schdämmischi Fraa gesetzd, die guggd de Kurt aan unn saad: „Sind Sie der Mann der die neue Software installieren soll?"
„Nein, ich..." Ohne weidà ze schwätze, ess de Kurt ganz nah an de Disch vòr gang. Schunn fròhd die Fraa: „Ja, um was geht es denn?"

„Wie der mich untersucht, das weiß ich nicht. Er wird es so machen, wie er es bei Frauen auch macht. Schließlich geht es um Brustkrebs!"
„Meine Brüste kann man ja zwischen zwei Platten legen und dann durchleuchten, aber bei dir?"
„Weißt du, egal, was der macht, ich gehe morgen dort hin. Es muss jetzt festgestellt werden, was mit meinen Brüsten los ist."

Peinlich, peinlich
Am anderen Tag saß Kurt schon um viertel vor zwei in seinem Auto vor der Praxis und wartete darauf, dass er um Punkt zwei, noch bevor die Patientinnen kamen, hineinhuschen konnte.
Fünf Minuten vor zwei kam ein weiß gekleidetes Fräulein und ging zur Tür hinein. „Das wird die Sprechstunden-Gehilfin sein", sagte sich Kurt und eilte ihr schnell nach, die Türe hinein.
Als er in den Vorraum der Praxis trat, erschrak er. Da saßen ja schon fünf Frauen! Das Fräulein, das vor ihm hinein ging, kam wohl als letzte zum Dienst.
Ihre Kollegin war früher da und ließ die Patientinnen schon lange vor der angegebenen Uhrzeit hinein!

Kurt stand ziemlich verklemmt neben den Frauen, die dort auf den Stühlen saßen. Alle hatten die BUNTE oder die FÜR SIE vor der Nase und beachteten ihn kaum. Bestimmt dachten sie, er sei ein Pharma-Vertreter.
Hinter dem Anmeldungs-Tresen saß eine gestandene Frau. Sie schaute ihn an und sagte: „Sind Sie der Mann, der die neue Software installieren soll?"
„Nein, ich..." Ohne weiter zu sprechen, trat Kurt sehr nahe an den Tisch vor. Schon fragte die Dame: „Ja, um was geht es denn?"

Er biggd sisch weid iwwà de Disch, halld die Hand an de Mund unn pischbadd: „Ich komme wegen Beschwerden an meiner Brust."
Saad die so laud dass'es jedà heere konnd: „Da machen wir eine Mammographie bei Ihnen. Gehen Sie bitte eine Treppe höher."
De Kurt wolld vumm Erdbòddem vàschwenne! All Weiwà drummerumm hann de Kobb gehoob, hann nòh'm geguggd unn gegrinsd. Vòr denne "Kolleeschinne" ess'à sisch vòrkomm, als wär'à e Tunte vòr dà Geschleschdsumwandlung. Also ess er mir-nix-dirnix die Drebb hoch, nòh owwe, wo mammografierd werrd. Dòrd hadd e Fraa gesetzd die uff die „Bladdeleeschung" gewaad hodd. Die Fraa hadd nadierlisch zefòrd gewussd, fà wass er nòh owwe kumm ess. Gehjeiwwà ihm hodd die „Leidenskolleeschin" weenischens was aanschdännisches ìnn ihrà Bluus. Bei der ware die Bladde ehjà ze klään, fà alles dezwische ze griehn. Die Fraa hadd nedd gegrinsd. De Kurt hodd ehjà geglaabd, er dääd der lääd duhn. Als die Dijà uff gang ess, ess die Schwäschdà rauskomm, die wo ze schbääd kumm war. Die rufd Kurts Nòòhbarin medd denne digge Dingà zur „Bladdeleeschung" e'rìnn. Nòh'm Kurt guggd das Freilein, als wolld s'e saan: „Oh, Gott, schon wieder so ein schwieriger Fall!"
Nòh 'rà Verrdelschdunn ess das Buuseweib raus kumm unn er mussd rìnn ìnn die Foldàkammà. Ìnn demm Zìmmà hodd links der Apparad geschdann wo die Fraue die Bruschd demedd gegwädschd grien. Unn nääwedraan war die Liege, wo s'e die Bään nòh lingks unn reschds hochlehje mussde. – Alles nix fà de Kurt!
Unn der Doggdà en demm Zìmmà war e annàrà wie der, der ihm die Bruschd uff dà Schdròòß abgreife wolld.

Er beugte sich weit über den Tisch, hielt die Hand an den Mund und flüsterte: „Ich komme wegen Beschwerden in meiner Brust." Da sagte die Schwester mit raumfüllender Stimme: „Da machen wir eine Mammographie bei Ihnen. Gehen Sie bitte eine Treppe höher."
Kurt wollte vom Erdboden verschwinden! Alle Patientinnen im Raum hoben den Kopf, sahen ihn an und lächelten. Vor diesen „Kolleginnen" fühlte er sich, als sei er eine Tunte vor ihrer Geschlechtsumwandlung.
Deshalb stieg er flugs die Treppe hoch, nach oben, wo mammographiert wurde.
Dort saß schon eine Frau, die auf die „Plattenlegung" wartete. Die Frau wusste natürlich sofort, warum er nach oben kam. Im Gegensatz zu seinen kümmerlichen Beulen hatte diese Leidens-Kollegin wenigstens etwas Anständiges in ihrer Bluse. Bei ihr waren die zwei Platten eher zu klein, um die ganze Fülle dazwischen zu bekommen. Die Dame grinste nicht. Kurt glaubte eher, dass er ihr leidtat.
Als die Tür aufging, kam die Schwester, die zu spät zum Dienst kam, heraus. Zuerst bat sie Kurts vollbusige Nachbarin zur „Plattenlegung" herein.
Das Fräulein sah Kurt an, als wollte sie sagen: „Oh, Gott, schon wieder so ein schwieriger Fall!"
Nach einer Viertelstunde kam das Busenweib heraus, und er musste hinein in die Folterkammer.
In dem Zimmer stand links der Apparat, an dem den Frauen die Brust gequetscht wurde. Und nebenan befand sich die Liege, auf der sie die Beine nach links und rechts hochlegen mussten. Alles nichts für Kurt!
Und der Doktor war ein anderer als der, der ihm auf der Straße schon die Brust abtasten wollte.

Demm neije hädd de Kurt garnedd ze saan brauche um was es gehd, der machd als wär's was Alldäschlisches. De Kurt fròhd noch, ob Männà aach Bruschdkrebs griehn kännde. Dòh saad der Doggdà: „Natürlich. Im letzten Jahr hatte ich zwei Patienten, die ich auf diesen Verdacht hin untersucht habe. Bei einem war der Befund negativ, aber der andere mussde operiert werden."
De Kurt wolld noch wisse, wie der bei ihm die Mammographie mache wolld, bei ihm grääd mà jòh nix zwische die Bladde. Der saad: „Ach, machen Sie sich darüber mal keine Gedanken, machen Sie sich frei, und legen Sie sich mal auf die Liege." *De Kurt fròhd geschoggd:* „Wie – ich auf das Ding, auf dem man die Beine hochlegen muss?"
„Ja, nun legen Sie sich!"
„Aber unten'rum bin ich doch gesund!"
„Die Beine können sie unten lassen. Nur gerade hinlegen, wir machen eine Ultraschall-Untersuchung des Brustgewebes.", *saad der Frauearzd.*
Dann schmierd der'm Kurt so e dòrschsischdisches Zeisch uff die Bruschd unn kurvd medd'e'me Schall-Skännà druff'e'rum. Uff so'nem klääne Fernsehjà konnd de Kurt siehn, wie's ìnn seiner Bruschd aussiehd. Dann saad der Doggdà: „Einen Knoten kann ich nicht erkennen. Aber schauen Sie mal hier auf den Monitor. Die dunkel abgebildeten Verästelungen sind die Milchdrüsen, und es sieht so aus als wären sie entzündet."
„Milchdrüsen – ich und Milchdrüsen?", *saad de Kurt vàwunnàd.* „Natürlich, auch bei Männern sind die Milchdrüsen angelegt. Ich verschreibe Ihnen mal ein Medikament, damit die Entzündung zurückgeht. Wir beobachten das, und Sie kommen in vierzehn Tagen mal wieder vorbei."

Kurt brauchte diesem anderen Arzt nicht zu sagen, um was es bei ihm ging. Er schien es schon zu wissen und tat so, als sei es etwas Alltägliches. Kurt fragte ihn nur noch, ob Männer auch Brustkrebs bekommen könnten. Da sagte der Arzt: „Natürlich. Im letzten Jahr hatte ich zwei Patienten, die ich auf diesen Verdacht hin untersucht habe. Bei einem war der Befund negativ, aber der andere musste operiert werden."
Kurt fragte noch, wie er denn bei ihm die Mammographie machen wolle, da bekäme man ja nichts zwischen die Platten. Der Mann sagte: „Ach, machen Sie sich darüber mal keine Gedanken, machen sie sich nur frei, und legen Sie sich auf die Liege."
Kurt erschrocken: „Wie – ich auf das Ding, auf dem man die Beine hochlegen muss?"
„Ja, nun legen Sie sich!"
„Aber unten'rum bin ich doch gesund!"
„Die Beine können sie unten lassen. Nur gerade hinlegen. Wir machen eine Ultraschall-Untersuchung des Brustgewebes", sagte der Frauenarzt. Dann schmierte er Kurt eine geleeartige Masse auf die Brust und kurvte mit einem Schall-Scanner darauf herum. Auf einem kleinen Monitor konnte Kurt sehen, wie es in seiner Brust aussah. Dann sagte der Arzt: „Einen Knoten kann ich nicht erkennen. Aber schauen Sie mal hier auf den Monitor. Die dunkel abgebildeten Verästelungen sind die Milchdrüsen, und es sieht so aus als wären sie entzündet."
„Milchdrüsen – ich und Milchdrüsen?", sagte Kurt erstaunt. „Natürlich, auch bei Männern sind die Milchdrüsen angelegt. Ich verschreibe Ihnen mal ein Medikament, damit die Entzündung zurückgeht. Wir beobachten das, und Sie kommen in vierzehn Tagen mal wieder vorbei."

De Kurt grummeld: „Liewà Godd nommòh, solld mir villeischd die Milsch inn die Bruschd geschoss senn, wie bei'rà Schwangàre?"
Völlisch dòrschenannà ess'à medd seim Rezebd gehe Milschdriese-Endzindung gleisch inn die Abbodeeg gang.
Gudd, dass er grad alään dòrd war. Als er das Rezebd abgäbb hodd, fròhd n'e die Abbodeegàhelfàrin: „Ist Ihre Frau bei Ihnen versichert?"
„Nää, warum? Männà hann aach Milschdriese."
Guggd die Helfàrin 'ne groß aan, guggd'm uff de Owwàkerbà unn holld ohne noch äbbes ze saan die Pille fà Milschwarze-Endzindung aus'rà Schubblaad.
De Kurt hadd dann die Pille awwà doch nedd geschluggde, weil er sisch draan erinnàd hodd, dass uff demm Beipaggzeddel fà ääni vunn seine Bluud-Druggtablädde geschdann hadd, dass die aach fà Schwangàre gudd wäre. Ware's die Pille villeischd, dass bei ihm die Bruschdwaaze geschwoll senn?

De Kurt ess zu seim Herzdogdà gang, um nòhzefòhe. Der saad; „Ja, bei jedem zwanzigsten Patienten kann es vorkommen, dass er von dem Medikament Brustbeschwerden bekommt", *gäbbd der zu. Die Pille hodd de Kurt zefòrd wägggeschmiss. Dòh hadd er doch liewà hohà Bluuddrugg gehadd als Milsch-Schuss bis inn die Bruschdwaaze! Awwà sorjelos schlòòfe konnd er trotzdemm nedd, weil's Hilde sisch noch zwä Wuche lang schdeenend uff ihrà Madratz rumgewenzeld hodd!*

Kurt sinniert: „Lieber Gott nochmal, sollte mir vielleicht die Milch in die Brust geschossen sein? So wie bei einer Schwangeren?"
Völlig durcheinander ging Kurt mit seinem Rezept gegen Milchdrüsen-Entzündung in die Apotheke.
Gut, dass er gerade alleine dort war. Als er das Rezept abgab, fragte ihn die Apothekenhelferin: „Ist Ihre Frau bei Ihnen versichert?" „Nein, warum? Das ist für mich. Männer haben auch Milchdrüsen." Die Helferin schaute ihn groß an, schaute auf seinen Oberkörper und holte ohne etwas Weiteres zu sagen die Pillen für Milchdrüsen-Entzündung aus einer Schublade.
Kurt schluckte die Pillen dann aber doch nicht, weil er sich daran erinnerte, dass auf dem Beipackzettel von seinen Tabletten gegen Bluthochdruck stand, dass sie auch gut für Schwangere seien. Waren die Tabletten vielleicht die Ursache dafür, dass ihm die Brustwarzen anschwollen?

Kurt ging zu seinem Kardiologen um nachzufragen.
„Ja, bei jedem zwanzigsten Patienten kann es vorkommen, dass er von dem Medikament Brustbeschwerden bekommt", gestand ihm dieser.
Diese Pillen warf er sofort weg. Da hatte er doch lieber hohen Blutdruck als Milch-Schuss bis in die Brustwarzen! Danach hätte er wieder sorgenlos schlafen können – wenn die Hilde sich nicht noch 2 Wochen lang stöhnend auf ihrer Matratze herumgewälzt hätte!

4. Madratzeliefàrung

Nòh femf Wuche – mondaachs gehje achd Uhr – gehd's Telefon. De Kurt war noch am Schlòòfe!
Jemand vumm Marta-Ausliefàrungslaachà war daan unn fròhd, ob die Liefàrung am näägschde Mondaach gehen dääd. De Kurt saad jòh unn mennd noch, dass das awwà nedd vòr nein Uhr sìnn soll. Wenn sie aach Friehrendnà wäre, dääd das noch lang nedd heische, dass sie vòr acht Uhr dreißisch uffschdehn.
Der Mann am Telefon vàsischàd em Kurt, dass er am näägschde Freidaach aanrufe dääd unn dann kännd mà genau abmache wann s'e komme solle.
Das Hildsche hodd ìnn denne Wuche denòh wie uff gliehjende Kohle gesetzd. „Um wivell Uhr kommt die Lieferung", fròhd se e paar mòhl. Weil se doch am kommende Mondaach medd'em Selma, ihrà Muddà, ìnn die Zahnklinik fahre missd unn schbädà noch fà die ìnn dä Abbodeeg Pille abholle missd. Sie wolld doch debei senn, wenn die lang ersehnde Dääle gehje ihr Riggeschmerze geliefàd werre.
Freidachs rufd awwà nìmmand vumm Laachà aan.
'S Hilde fròhd de Kurt: „Wenn die früh kommen, mussd du alleine aufstehen. Ich mache denen die Tür nicht auf. Ich bleibe im Bett. Oder bringen die die Sachen etwa hoch in unser Schlafzimmer?"
De Kurt beruhischd s'e: „Quatsch. Isch saan denne sie solle das Zeisch ìnn dà Diele abschdelle.
Die Sache känne mir schbädà zesamme hochschaffe. Du kannschd emm Bedd leihje bleiwe."
An demm vòrgesiehne Mondaach ess de Kurt schunn um achd Uhr uffgeschdann und hadd sei grääzisch gelaund Ehjefraa aus ihr'm Bedd geschmiss.
Sie mussde schließlich die alde Madratze aus ihre Bedde rausmache unn ìnn die Karaasche bringe.

Matratzenlieferung

Nach fünf Wochen – montags gegen acht Uhr – klingelte das Telefon. Kurt schlief noch! Jemand vom Marta-Auslieferungslager rief an und fragte, ob die Lieferung am darauf folgenden Montag erfolgen könne.
Kurt sagte ja und bat darum, dass das nicht vor neun Uhr erfolgt. Als Frührentner ständen sie schließlich nicht vor acht Uhr dreißig auf.
Der Mann am Telefon versicherte Kurt, dass er am kommenden Freitag anrufen würde und dann könne man die Lieferzeit genau regeln.
Hilde saß in der folgenden Woche wie auf glühenden Kohlen. „Um wie viel Uhr kommt die Lieferung", fragte sie mehrmals. Schließlich müsse sie am kommenden Montag mit ihrer Mutter Selma in die Zahnklinik fahren und später auch noch in die Apotheke Pillen holen. Sie wolle doch dabei sein, wenn die langersehnten Teile gegen ihre Rückenschmerzen geliefert werden.
Freitags rief aber niemand vom Auslieferungslager an.
Hilde fragte bedenklich. „Wenn die früh kommen, musst du alleine aufstehen. Ich mache denen die Tür nicht auf. Ich bleibe im Bett. Oder bringen die die Sachen etwa hoch in unser Schlafzimmer?",
Kurt beruhigte sie: „Unsinn. Ich sage denen sie sollen das Zeug in der Diele abstellen. Die Sachen können wir beide später alleine hochschaffen. Du kannst im Bett bleiben."
An besagtem Montag stand Kurt schon um acht Uhr auf und jagte seine mürrische Ehefrau aus dem Bett. Sie mussten schließlich noch die alten Matratzen aus den Betten nehmen und in die Garage bringen.

Unn zwar noch vòr dass die neije Madratze medd dà zwä Rooschde kumme unn ìnn dà Diele de Wähj vàschberrd hädde.

Sie hann die schberrische unn schwäre Dingà medd eißàschdà Vòrsischd iwwà die gewendeld Drebb vumm Dachgeschoss runnà, enn's Erdgeschoß gridd, ohne dass die dekorativ Waas, die Skulpture und das aus Südafriga meddgebrungne Schdraußeei emm aan-grenzende Regal kabudd gang wäre. Schwierisch war aach das Runnàschaffe vunn denne alde, schberrische Ladde-Rooschde. Medd denne scharfe Ägge vunn ihre Schdahl-Rohàrahme hädd mà all Meewele und Holzdääle emm Drebbeumfeld vàschrammariere känne.

Es war aach griddelisch, die Rooschde aus dà Diele raus, zwische dà Kischebar unn'em Essblatz dòrsch, uff die Terrass ze schaffe

Dann schläbbde s'e die Rooschde zwische dà Kischebar unn'em Essblatz dòrsch, bis uff die Terrass Dord hadd de Kurt gleich die Ladde aus denne Rahme ausgebaud und die Rohr-Rahme medd'à Drennschleifscheib graad ausenannà gemachd.

Kaum dass das alde Zeisch nòh unne geschaffd war, ess die ersehnd Marta-Liefàrung kumm. Die neije Madratze unn Rooschde senn, wie vòrgesiehn, ìnn die Diele geschdelld wòr unn vunn dòrd hann de Kurt unn 's Hilde s'e hochgeschaffd.

'S Hilde hodd sei Muddàbedreiungspflischde erleedischd unn die zwä machde sisch an die Ennbau-Aawed

Das hodde s'e genauso vòrsischdisch duhn misse, wie s'e die alde Beddeausschdaddung nòh unne geschaffd hodde. Awwà jetzd nadierlisch die Ladde-Rooschde ze'eerschd nòh owwe.

Und zwar noch bevor die neuen Matratzen mit den beiden Lattenrosten kommen und in der Diele den Weg zur Garage versperrten.
Sie schafften die unhandlichen, schweren Dinger mit äußerster Vorsicht vom Dachgeschoss über die gewendelte Treppe ins Erdgeschoss hinunter – ohne dass die dekorativen Vasen, Skulpturen und das aus Südafrika mitgebrachte Straußen-Ei im angrenzenden Regal zu Bruch gingen. Schwierig war auch das Runterschaffen der alten sperrigen Lattenroste.
Mit den scharfen Ecken ihrer Stahlrohrrahmen hätte man alle Möbel und Holzteile im Treppenumfeld beschädigen können.
Es war auch heikel die Roste aus der Diele heraus, zwischen Küchenbar und Essplatz hindurch, auf die Terrasse zu bugsieren.

Sie bugsierten dann die Roste zwischen Küchenbar und Essplatz hindurch, auf die Terrasse. Dort baute Kurt die Latten aus und zerlegte die Rechteck-Rohrrahmen gleich mit einer Trennschleifscheibe.
Kaum dass das alte Zeug unten war, kam die ersehnte Matratzen-Lieferung.

Die neuen Matratzen und Roste wurden wie vorgesehen in der Diele abgestellt. Von dort transportierten Kurt und Hilde sie dann nach oben. Nachdem Hilde ihre Mutterbetreuungs-Pflichten abgeleistet hatte, machten sich beide an die Einbau-Arbeit
Das mussten sie ebenso vorsichtig tun, wie sie die alte Bettenausstattung nach unten geschafft hatten.
Aber jetzt natürlich die Lattenroste zuerst nach oben

Iwwàraschung

Sie wollde denne eerschde Ladde-Rooschd ìnn ääns vunn de alde Beddgeschdell lehje, das ess awwà nedd gang! Der Rooschd war genau so brääd wie das alde Geschdell! Dà Läng nòh wär's gang. Nur ìnn Bräddà ess der Äänmedà-Rooschd nedd ìnn das Äänmedàbeddgeschdell gang. Wenn s'e de Rooschd mòhl medd äänà Seid ìnn das Holzgeschdell gelehd hodde, dann hadd'à uff der Seid gehjeiwwà owwe uff demm Geschdell gelääh. Was s'e aach gemachd hann, die Dingà ware ìmmà ganz schrääsch. De Kurt hodd nòhgemess. Er war schbròòchloos unn ess nedd dehìnnà kumm warum.

'S Hilde Fròhd: „Verdammt, was nun? Worauf sollen wir schlafen, wenn alles schief hängt oder vom Bettgestell abzurutschen droht?",

„Wenn mir nur Madratze kaafd hädde, so wie du's zueerschd wollschd, dann hädde mir die alde Rooschde weidàbenutzen känne, unn mir hädde jetzd denne dòh Zòòres nedd." „Ha, ha, – vorbei!" lachd ääs dòh. Nadierlisch, das war vòrbei! Die alde Ladde-Rooschde, wo gebassd hann, hodd de Kurt jòh leidà schunn dodaal ausenannà gemachd.

'S Hilde guggd de Kurt vòrwòrfsvoll aan unn saad: „Warum warst du denn eigentlich mit dem Zerteilen der alten Roste so schnell"?

„Òh jäh! Ze'eerschd konn'sche die Dingà nedd schnell genuch loswerre, unn jetzd dass! Isch kann jòh seidlisch auße Bräddà feschd mache, die owwe ìwwà die Beddgeschdelle driwwàschdehn. Dann rudsche die Rooschde nedd nòh dà Seid runnà."

„Wie sieht denn das aus?", *bròdeschdierd sei Fraa,*

„Wir müssen versuchen die Dinger gegen schmalere umzutauschen. Vielleicht haben die ja etwas Passendes da, das wir gleich mitnehmen können".

Überraschung

Sie wollten den ersten Lattenrost in eines der alten Bettgestelle einlegen, doch das ging nicht!
Der Rost war genau so breit wie das alte Gestell!
Der Länge nach ging der Rost ja zwischen das Gestell, nur in der Breite passte der „Einmeter-Rost" nicht in das „Einmeter-Bettgestell".
Lag der Rost mal mit einer Seite in dem Holzgestell, dann lag er mit der gegenüberliegenden Seite oben auf dem Gestell.
Was sie auch machten, die Dinger hingen immer ganz schräg. Kurt maß nach. Er war sprachlos und fand keine Erklärung dafür.
Hilde fragte: „Verdammt, was nun? Worauf sollen wir schlafen, wenn alles schief hängt oder vom Bettgestell abzurutschen droht?",
„Wenn wir nur Matratzen gekauft hätten – wie Du es zuerst wolltest – dann hätten wir die alten Roste weiterbenutzen können, und wir hätten jetzt dieses Problem nicht."
„Ha, ha, – vorbei!", lachte Hilde
Natürlich, war das vorbei! Die alten Lattenroste hatte Kurt ja schon total auseinandergenommen.
Hilde sagte vorwurfsvoll: „Warum warst du denn eigentlich mit dem Zerteilen der alten Roste so schnell?"
„Oh je! Zuerst konntest du die Dinger nicht schnell genug loswerden, und nun das!
Ich kann ja seitlich außen an den Bettgestellen höherstehende Bretter befestigen. Dann können die Roste nicht seitlich herunterrutschen."
„Wie sieht denn das aus?", protestierte seine Frau,
„Wir müssen versuchen die Dinger gegen schmalere umzutauschen. Vielleicht haben die ja etwas Passendes da, das wir gleich mitnehmen können?".

„*Villeischd, villeischd? Willschd du uff die schmäläre Rooschde – wenn e Umdausch iwwàhaubd meeschlich ess – nochmohl sechs Wuche waade*"?
„Nein", sagte sie, „ich will jetzt endlich anständig schlafen und nicht noch mal warten".
„*Die neije Rooschde känne mià awwà nìmmeh so äänfach zerigg gänn, weil die medd denne Madratze zesamme Dääl vunn´e´me Kombledd-Aangebodd ware.*
Die Aangebodds-Madratze gehn jòh sischà rinn.
Was hasch'n du medd „etwas Passendes" gemennd?
Die klännàre Rooschdgreeß ess dann die „Neinzischà".
Unn die Rooschde wirde dann doch dòrsch unsà Äänmedà-Beddgeschdelle falle!"
Awwà 's Hilde wolld was passendes finne. Sie wolld känn Zeid vàliere unn sisch zefòrd uff die Suuch mache.
De Kurt saad sisch: „Jetzd bassierd mià so e Greeßebroblem awwà nedd e zwäddes Mòhl", unn hodd sei Dobbelmedà enngeschdeggd.
Sie hodd sisch gleisch ìnn ihr Audo gesetzd unn senn die Billischtankschdell links leijelòssend – nommòh zum Meewel Marta gefaah.

Schangselos

Es Hilde rennd nommòh ìnn das Meewelhaus. De Kurt ess zöschàlisch hìnnàhää. An demm Informations-Punkd der Beddeabdäälung war nur e noch ganz jungi Vàkeifàrin. De Kurt hodd die uff 20 geschätzde.
Nääwe der am Schreibdisch hadd e bleischà, schlaggsischà Schdifd geschdann.
Das Määde saad ihne, dass ihr Kolleeschin an demm Daach frei hädd, sie kännd ihne awwà aach helfe.

„Vielleicht, vielleicht? Willst du auf die schmäleren Roste – wenn ein Umtausch überhaupt möglich ist – noch einmal sechs Wochen warten?"
„Nein", sagte sie, „ich will jetzt endlich anständig schlafen und nicht noch mal warten".
„Die neuen Roste können wir aber nicht mehr problemlos zurückbringen, schließlich waren sie Teile eines Matratzen-Komplettangebotes.
Die Angebots-Matratzen gehen ja wohl rein.
Was meintest du denn mit etwas Passendes? Die kleinere Rostgröße ist dann die „Neunziger". Diese Roste würden dann doch durch unsere Einmeter-Bettgestelle fallen!"
Aber Hilde wollte etwas „Passendes" finden.
Sie drängte darauf, dass sie beide sich nochmal auf die Suche machten.
Kurt dachte: „Jetzt passiert mir so ein Größenproblem aber kein zweites Mal mehr", und steckte sich einen Doppelmeter ein.
Beide setzten sich umgehend in ihr Auto und fuhren – die Billigtankstelle links liegenlassend – erneut zu Möbel Marta.

Chancenlos

Hilde stürmte abermals in das Möbelhaus. Kurt folgte ihr zögerlich. An dem Informations-Punkt der Bettenabteilung fanden sie eine noch sehr junge Verkäuferin vor. Kurt schätzte sie auf 20. Neben ihr stand ein bleicher, schlaksiger Auszubildender am Schreibtisch.
Kurt und Hilde wollten die Frau, die ihnen die Matratzen samt Lattenrosten verkauft hatte, sprechen. Die junge Dame teilte ihnen mit, dass ihre Kollegin an dem Tag frei hätte, sie könne ihnen aber auch helfen.

De Kurt unn's Hilde wollde die Fraa, die ihne die Madratze sammd Ladde-Rooschd vàkaafd hodd, schwätze.

De Kurt setzd sisch bei der an de Schreibdisch und hadd vàsuchd demm junge Ding ihr Problem medd demm Äänmedà-Rooschd, der nedd ìnn ihr Äänmedà-Beddgeschdell basse dääd, klar ze mache.

Er saad der aach, dass sie ìmmà noch ihr eerschdes Schlòòfzimmà hädde unn das aach weidà behalle wollde

Die mennd dòh, dass sisch ìnn 20 Jòhr emm Bedde-design wohl doch einisches geännàd hädd.

Sie hodde medd der e verrdel Schdunn iwwà Normmaße unn Ännàrunge vunn de Nennmaße ìnn dà läddschde Jòhre geschwätzd. Dòhbei hodde de Kurt der nedd gesaah, dass sie nedd iwwà e Zeidraum vunn 20, sonnann vunn 40 Jòhr geschwätzd hann.

Nòhjà. Die Vàkeifàrin konnd nedd vàschdehn, dass heid e Ladde-Rooschd fà e Äänmedà-Bedd so brääd ess, dass'à nedd ìnn e Äänmedà-Bedd e'rìnn bassd.

De Kurt holld sei Dobbelmedà aus'em Sagg, machd 'ne uff'm Schreibdisch ausenannà unn demonschdrierde demm jung Ding die Misere uff de Zendimedà genau.

Ganz vàschdann hodd die sei Broblembeschreibung beschdimmd nedd. Jedefalls hadd s'e'm Kurt nedd rischdisch geglaabd, dass ihr alde Bedde genau äänà Medà brääd wäre.

Die beschdand druff, dass e Mondör bei ihne dehemm vorbeikumme soll, um alles nommòh nòh zu messe, bevòr sie irschendebbes mache dääd.

De Kurt saad zu der, dass das nedd needisch wär, er hädd schunn genau unn sie kännd ihm glaawe, dass die neije Rooschde nedd zwische die alde Geschdelle passe.

Kurt setzte sich an den Schreibtisch der Verkäuferin und versuchte der jungen Dame das Problem mit dem Einmeter-Lattenrost, der nicht in ihr Einmeter-Bettgestell passte, zu erläutern.

Er teilte ihr auch mit, dass sie immer noch ihr erstes Schlafzimmer hätten und das auch weiterhin benutzen wollten.
Das Fräulein meinte, dass sich im Laufe von 20 Jahren im Bettendesign wohl einiges geändert hätte.
Sie sprachen eine viertel Stunde über Normmaße und Änderungen der Nennmaße während der letzten Jahre. Dabei vermied Kurt, der Jungen zu gestehen, dass sie nicht über einen Zeitraum von 20, sondern von 40 Jahren sprachen.
Sei's drum. Die Verkäuferin konnte nicht verstehen, dass ein Lattenrost für ein Einmeter-Bett heute so breit sei, dass er nicht in ihr älteres Einmeter-Bett hineinpasste. Kurt zog seinen Doppelmeter aus der Gesäß-Tasche, streckte ihn auf dem Schreibtisch aus und demonstrierte der jungen Dame zentimetergenau die Misere.

Ganz verstanden hatte die Junge seine Problembeschreibungen wohl nicht. Jedenfalls traute sie seinen Beteuerungen, ihre alten Betten seien genau einen Meter breit, nicht. Sie bestand darauf, dass ein Monteur bei ihnen zu Hause vorbeikäme, um alles noch einmal nachzumessen, bevor ihre Firma irgendetwas unternehmen würde.
Kurt sagte zu ihr, das wäre nicht nötig. Er hätte schon sehr genau gemessen und sie könne ihm glauben, dass diese neuen Roste nicht zwischen die alten Gestelle passten.

Das Freilein hodd de Kobb geschiddeld unn's nedd geglaabd. Zesamme senn s'e die Beschdellung, die uffgeschriebne Maße unn de Liefàschein nommòh dòrsch gang. All Angawe ware rischdisch. Genauso wie's Hilde unn de Kurt 's gewolld hodde.
Das Määde schiddelde nommòh de Kobb unn saad:
„Da kann doch etwas nicht stimmen. Ihre alten Betten sind keine Einmeter-Betten! Ich schicke bei Ihnen auf jeden Fall mal den Monteur zum Nachmessen vorbei."
Dòh war'em Kurt awwà sei Geduld am Änn! Es hodd 'ne zwansisch Zendimedà vumm Schduhl hoch gehoob. Dann machd der der mòhl deidlisch klar wenne sie vòr sisch hadd: „Meinen Sie ich könnte nicht messen? Ich bin Ingenieur und habe schon ganz andere Messungen durchgeführt als Ihr Monteur"!
Das Jung guggd'ne vàdutzd aan unn saad nix meh.
Der Schdifd nääwe draan ess e Medà zerigg gang unn ess noch kääsischà emm Gesischd wòr. So dass mà sei rode Pickel eerschdreschd gesiehn hodd. Er hadd beschdimmd gedengkd: „Oh je, wenn ich wüsste, dass ich mal solche Kunden haben würde, dann würde ich besser das Ausbildungsziel ändern."
S Hilde zubbeld de Kurt am Jubbe, um 'ne ze beruhische unn fròhd ob's aach Ladde-Rooschde gänn dääd, die nuà 95 Zendimedà brääd wäre.
„Nein, nur 1 Meter oder 90 Zentimeter breite".
'S Hilde hodd's awwà nedd uffgäbb unn fròhd weidà: „Können wir uns noch mal in Ihrer Abteilung umsehen?"
„Selbstverständlich", *niggd die jung Vàkeifàrin.*
Wordlos maschierde allegar – es Hilde vòrwägg – zu der Madratze- unn Beddeabdäälung. De Kurt ess medd seim ausgeklabbde Dobbelmedà hinnàhää gang.

Das Fräulein schüttelte verständnislos den Kopf.
Zusammen gingen sie nochmal die Bestellung, die notierten Maße und den Inhalt des Lieferscheins durch. Alle Angaben waren richtig. Genau so wie Kurt und Hilde es gewünscht hatten.
Das Mädchen schüttelte abermals den Kopf und stellte fest: „Da kann doch etwas nicht stimmen. Haben sie wirklich Einmeter-Betten? Ich schicke auf jeden Fall mal den Monteur vorbei."

Da war Kurts Geduld aber am Ende. Es hob ihn 5 cm vom Stuhl hoch. Er machte ihr in forschem Ton mal klar wen sie vor sich hatte: „Meinen Sie ich könnte nicht messen? Ich bin Ingenieur und habe schon ganz andere Messungen durchgeführt als Ihr Monteur!"

Die Junge schaute ihn verdutzt an und sagte nichts mehr. Der Auszubildende trat einen Meter zurück und wurde noch bleicher im Gesicht. Seine Pickel kamen nun tiefrot zur Geltung. Er dachte bestimmt: „Oh je, wenn ich wüsste, dass ich mal solche Kunden habe, dann würde ich besser das Ausbildungsziel ändern."
Hilde zupfte Kurt beruhigend an der Jacke und fragte, ob es denn auch Lattenroste gäbe, die nur 95 Zentimeter breit wären.
„Nein, nur 1 Meter oder 90 Zentimeter breite".
Hilde gab es jedoch nicht auf und fragte weiter: „Können wir uns noch mal in Ihrer Abteilung umsehen?"
„Selbstverständlich", nickte die junge Verkäuferin.
Wortlos marschierten alle – Hilde vorweg – zur Matratzen- und Bettenabteilung. Kurt ging mit ausgeklapptem Doppelmeter hinterher.

Das Jung war hinnà ihm. Der Schdifd war nìmmeh ze siehn.
Sechs bis siwwe mòhl saad's Hilde zum Kurt: „Mess mal den da".
De Kurt hodd gemessd unn gemessd.
Dann saad'à zum Hilde: „Isch hann dir jòh dehemm schunn gesaad, dass die Greeße ìmmà um zeh Zendimedà geschdaffeld sìnn. 95zischà Bedde gäbbd's nedd!"
Das junge Ding hodd luschdlos bekannd gääb, dass mà sisch aach Sondàgreeße beschdelle kännd, awwà die wäre dann aach nedd fà de Aangeboddspreis ze grien.
Emm Iuwàrische hädde sie jòh 'e Kombledd-Aangebodd gehadd, unn dann wär – medd demm Zerigggänn vunn demm Ladde-Rooschd – ohne die zugeheerische Madratze – nix ze mache.
Bei rà „Teilrückgabe" – also wenn de Kurt die Madratze behalle wolld – missd Meewel Marta e „Preisnachforderung" schdelle.
Nòh 'rà Dengkpaus fròhd's Hilde sei Mann: „Oder sollten wir uns vielleicht nach einem Doppelbett umsehen? Dann würden die Roste vielleicht passen?"
„Ìnn e Dobbelbedd bassd der neije Ladde-Rooschd villeischd e'rìnn, awwà du wollschd doch ìmmà zwä Äänzelbedde hann."
Zur Vàkeifàrin saad's Hilde dòhdruff: „Wissen sie, wir hatten uns schon damals, beim Einkauf, für Einzelbetten entschieden, weil man die auseinanderstellen kann. Das ist besser wenn man mal alt und pflegebedürftig ist".
De Kurt guggd demm Jung enn's Gesischd unn mennd abgelääsd ze hann, dass die ìnn demm Momend dengkd: „Die Zeit zum Auseinanderstellen ist längst gekommen."

Die Junge folgte ihm. Der Auszubildende war nichtmehr zu sehen.
Sechs bis sieben mal sagte Hilde zu Kurt: „Mess mal den da". Kurt maß und maß.
Dann sagte er zu Hilde: „Ich hatte dir ja zuhause schon gesagt, dass die Größen immer um zehn Zentimeter gestaffelt sind. 95ziger Betten gibt es nicht!".
Die Junge gab lustlos bekannt, dass man sich auch Sondergrößen bestellen könne, die wären dann aber auch nicht zum Angebotspreis zu haben. Im Übrigen hätten sie ja ein Komplettangebot wahrgenommen, und dann würde ja – mit der Rücknahme des Lattenrostes – auch der dazugehörige Matratzen-Angebotspreis nicht mehr gelten. Bei einer Teilrückgabe, z.B. bei Verbleib der Matratzen beim Kunden, müsste Möbel Marta eine Preisnachforderung stellen.
Nach einer Denkpause fragte Hilde ihren Mann: „Oder sollten wir uns vielleicht nach einem neuen Doppelbett umsehen? Dann würden die Roste vielleicht passen?"
Er antwortete: „In ein Doppelbett passt der neue Lattenrost vielleicht rein, aber du wolltest doch immer zwei Einzelbetten haben."
Zu der Verkäuferin gewandt sagte sie: „Wissen Sie, wir hatten uns schon damals, beim Einkauf, für Einzelbetten entschieden, weil man die auseinanderstellen kann. Das ist besser, wenn man mal alt und pflegebedürftig ist".
Kurt sah der Jungen ins Gesicht und glaub abgelesen zu haben, dass sie in dem Moment dachte: „Die Zeit zum Auseinanderstellen ist längst gekommen."

Der Zeidpungkd, an demm de Kurt es enn'e'me Kaafhaus nimmeh aushalld, ess aach längschd widdà dòh gewehn. Zu seinà Fraa saad'à: "Also, 's gäbbd drei Meeschlischkääde fà das Broblem ze leese.
Eerschdens: Mir beschdelle e Rooschd-Sondàanferdischung. Zwäddens: Mià vàännàre unsà altes Beddgeschdell, so wie isch's schunn vòrgeschlaa hodd. Driddens: Mà kaafe e Dobbelbedd, ìnn das die neije Rooschde rìnnbasse."
"Gut", *mennd 's*, Hilde "Dann lass uns das alles mal in Ruhe zu Hause überlegen."
Sie hann sisch bei der jung Vàkeifàrin bedankd, fà die freindlisch Beraadung unn sìnn zu ihrem Audo gang.
Ganz ìnn Gedanke an die zu dreffende Endscheidung, hann s'e uff der Riggfahrd wordlos emm Audo gesetzd. Sie ware awwà nedd so abgelengd, dass'e diesmòhl an der Billischtankschdell vòrbeigefahr wäre. Nää, diesmòhl hann s'e de Tank voll gemachd!

Blanlos
Als s'e dehemm aankumm sìnn, ware s'e sisch schnell äänisch: Sie wollde känn Rooschd-Sondàanferdischung! Unn e Dobbelbedd ess fà sie aach nedd ìnn Fröh kumm. Weil mà das, wenn's needisch werrd, jòh nedd dääle kännd. Dòh saad de Kurt:" Mià kännde awwà schunn mòhl probiere, ob ìnn unsa'm Schlòòfzimmà iwwàhaubd genuch Platz zum dääle ess. Solle mà die Bedde mòhl ausenannàschdelle?"
"Gut, dann schieben wir mal."
"Wie schiewe mà s'e dann jetzd ìnn die Egge? Ääns muss an de Knieschdogg. Schdelle mià s'e so, dass mà medd de Käbb iwwàägg nääwenannàleihje? Willsche dass? Dann ham´mà ìnn dà Ägg e bedddiefes Loch, vunn äänem mòhl äänem Medà."

Der Zeitpunkt, an dem Kurt es in einem Kaufhaus nicht mehr aushielt, war längst wieder überschritten.
Zu seiner Frau gewandt sagte er: „Also, wir haben drei Möglichkeiten das Problem zu lösen.
Erstens: Wir bestellen eine Rost-Sonderanfertigung.
Zweitens: Wir verändern unser altes Bettgestell, so wie ich es schon vorgeschlagen hatte.
Drittens: Wr kaufen ein Doppelbett, in das die neuen Roste passen."
„Gut", meinte Hilde, „Dann lass uns das alles mal in Ruhe zu Hause überlegen."
Beide bedankten sich bei der jungen Verkäuferin, weil sie sie eine halbe Stunde lang sehr freundlich beraten hatte und gingen zu ihrem Wagen.
Auf der Rückfahrt saßen sie, in Gedanken an die zu treffende Entscheidung versunken, wortlos im Auto. Sie waren aber nicht so abgelenkt, dass sie etwa wieder an der Billig-Tankstelle vorbeigefahren wären. Nein, dieses Mal machten sie den Tank voll!

Planlos

Zu Hause angekommen, waren sie sich schnell einig: Sie wollten keine Rost-Sonderanfertigung! Und ein Doppelbett, das kam bei ihnen auch nicht in Frage. Wegen der Unteilbarkeit im Bedarfsfall.
Da sagte Kurt : „Wir könnten aber schon mal ausprobieren, ob in unserem Schlafzimmer überhaupt genügend Platz zum teilen ist. Sollen wir die Betten mal auseinanderstellen?"
„Gut, dann schieben wir mal."
„Wie schieben wir sie denn jetzt in die Ecken? Eins muss an den Kniestock. Stellen wir sie so, dass man mit den Köpfen übereck nebeneinanderliegt? Willst du das? Dann haben wir in der Zimmerecke ein betttiefes Loch von einem mal einem Meter."

Em Kurt sei Beddnòhbarsch hodd vòrgeschlah, ihr Bedd bessà medd'em Kobbänn hinnà seins ìnn denne Freiraum e'rìnn ze schiewe. Dann wär das Loch zu, unn sie hädde känn Quadradmedà vàlòhà. Dass'es Hilde bei der Leesung ohne Quadradmedàvàluschd medd Kobb unn Ouwàkerbà ìnn dà Ägg unnà'm Schrääschdach hinnà seim Kobbänn ze leihje käm, hodd er nedd gudd gefunn. Ei wie soll die dann medd 'em Kobb ìnn die hinnaschd Ägg kumme? Die missd jòh vumm Fußänn vunn ihrem Bedd häà iwwà das Fäddàbedd, oder unnà demm dòrsch, hinngrawwele.
'S Hilde hadd awwà gemennd dòh wär nix debei unn das wird sie uff sisch nemme. De Kurt saad dòhdruff, dass sie das aach emm Aldà oddà wenn se krangk wär schaffe missd. Er saad noch: „Das ess iwwàhaubdnedd so wie mir's gewolld hann! Mir wollde jòh die Bedde so schdelle, dass mà, wenn's needisch werrd, gudd an denne Hilfsbedirfdische rankäm.
'S Hilde machd e neijà Vòrschlach: „Und wenn ich mit den Füßen voraus in der Ecke zu liegen käme?"
Dòhdruff saad Kurt: „Mennschd du, isch wolld dei Quande direggd hinnà meim Kobb hann?"
Ganz empörte saad's Hilde: „Quanten! Wer hat denn hier die Stinkfüße? Ich oder du? "
  „Isch nadierlisch", hadd de Kurt zugäbb.
Nadierlisch hann s'e bei der Schdellungsfindung nedd nur geschwätzd . Nää sie hann gemessd, geschoob unn gehoob . Awwà all Iwwàägg-Posidsjone – ob Kobb an Fuß oddà Fuß an Kobb – ware nedd ze mache.

Die zwä hann bei demm ganze Beddeschdemme Kreizweh grìdd unn hann denne eerschd vòr kòrzem vumm Kurt eichehändisch neij vàlehde Laminat-Fußboddem vàkratzd.

Kurts Bettnachbarin schlug vor, ihr Bett doch besser mit dem Kopfende hinter seines in den Freiraum hinein zu schieben. Dann wäre das Loch zu, und sie hätten keinen Quadratmeter verloren. Dass Hilde bei der quadratmeterverlustfreien Lösung mit Kopf und Oberkörper in der Ecke unter der Dachschräge hinter Kurts Kopfende zu liegen käme, verwarf er. Wie sollte sie denn mit dem Kopf in die hinterste Ecke kommen?

Sie müsste vom Fußende ihres Bettes her über das Federbett oder unter ihm hindurchrobben.

Hilde meinte aber da wäre nichts dabei und das würde sie auf sich nehmen. Kurt gab zu bedenken, dass sie das auch im Alter oder wenn sie krank wäre, schaffen müsste.

Er sagte noch: „Das entspricht überhaupt nicht unserm Gedanken, die Bettenstellung so zu wählen, dass man im Bedarfsfall gut an einen Hilfebedürftigen herankommt."

Hilde machte einen neuen Vorschlag: „Und wenn ich mit den Füßen voraus in der Ecke zu liegen käme?"

Darauf antwortete Kurt: „Meinst du, ich wollte deine Quanten direkt hinter meinem Kopf haben?"

Hilde empörte sich: „Quanten! Wer hat denn hier die Stinkfüße? Ich oder du? "

„Ich natürlich", gestand er

Natürlich war die Stellungsfindung nicht nur verbaler Natur. Nein, sie maßen, schoben und hoben weiter. Aber alle Übereck-Positionen – ob Kopf an Fuß oder Fuß an Kopf – waren unbefriedigend.

Beide bekamen Kreuzschmerzen vom Bettenstemmen. Sie zerkratzten den erst vor kurzer Zeit von Kurt eigenhändig neu verlegten Laminat-Fußboden.

Unn das war nedd das Schlimmschde – sie senn sogar hie unn dòh an das Kerrschebaamfurnià vunn denne annàre Schlòòfzimmàmeewel geschdooß unn Magge rìnngemachd! Ihr Nerve hann blank gelääh. Sie ware schwääß-gebaad. De Kurt hadd e Bieà gebrauchd. 'S Hilde hodd e neiji Idee: „Wir stellen die Betten ganz auseinander und in die gegenüberliegenden Ecken. Wenn ich mit dem Kopf in der gegenüberliegenden Schlafzimmerecke läge, hätte das den Vorteil, dass ich dein Schnarchen und Schniefen nicht mehr so laut hörte. Und du würdest mich auch nicht mehr so direkt anpusten, wenn du mal wieder eine Alkoholfahne hast." *Wumms, das hadd awwà gesetzd!*
„*Jòh, jòh, am bäschde ziehje isch ganz aus! Dann kännschd du dei Bedd midde enn's Zìmmà schelle,*" *konterte er. Soford hadd 's Hilde ihm e Beschwischdigungs-Kissche gäbb unn bedeijad:* „Nein, nein, ich will dich noch lange bei mir haben. Du würdest mir in meinem Schlafzimmer doch sehr fehlen."
Weischgeklobbd fròhd er: „*Willschd du 's medd'em Kobbänn an die Wand zum Baadezìmmà schiewe?*"
„Ja. Wir können das doch einmal probieren."
Dann schdelld'à feschd, dass das nedd gehen dääd!
„Wo solle mir dann die ganze Naachdschränkschà unn die flache Kommode hinnschdelle?"
„Komm, lass uns die Kleinmöbel mal zur Seite räumen und dann schieben wir mein Bett in die Ecke und dein Bett in die andere." *Dann hann s'e emm Hildes sei Bedd medd'em Kobbänn ìnn die Ägg vumm Kniestock an die Baadezimmàwand geschoob.*
„Und was machen wir jetzt mit deinem Bett?", *fròhd's Hilde:* „*Mei Bedd wolld isch awwà so schdehnlosse wie's ìmmà geschdann hadd. E Schdigg vunn dà Gäwwelwand wägg.*", *war' emm Kurt sei Andwoàd.*

Und das war nicht das Schlimmste – sie stießen sogar hier und da an das Kirschbaumfurnier der übrigen Schlafzimmermöbel und beschädigten sie.
Ihre Nerven lagen blank. Sie waren schweißgebadet. Kurt brauchte ein Bier und Hilde hatte eine neue Idee: „Wir stellen die Betten ganz auseinander und in die gegenüberliegenden Ecken. Wenn ich mit dem Kopf in der gegenüberliegenden Schlafzimmerecke läge, hätte das den Vorteil, dass ich dein Schnarchen und Schniefen nicht mehr so laut hörte. Und du würdest mich auch nicht mehr so direkt anpusten, wenn du mal wieder eine Alkoholfahne hast." Wumms, das saß! „Ja, ja, am Besten ziehe ich ganz aus! Das wäre doch die beste Lösung. Dann könntest du dein Bett mitten ins Zimmer stellen," konterte er. Umgehend gab Hilde ihm ein Beschwichtigungs-Küsschen und beteuerte: „Nein, nein, ich will dich noch lange bei mir haben. Du würdest mir in meinem Schlafzimmer doch sehr fehlen."
Handzahm fragte er: „Du willst also dein Bett mit dem Kopfende an die Wand zum Badezimmer schieben?"
„Ja. Wir können das doch einmal ausprobieren."
Dann stellte er fest, dass das nicht ging.
„Wo sollen wir denn dann die ganzen Nachtschränkchen und die flachen Kommoden hinstellen?"
„Komm, lass uns die Kleinmöbel mal zur Seite räumen, und dann schieben wir mein Bett in die Ecke und dein Bett in die andere." Dann schoben sie Hildes Bett mit dem Kopfende in die Ecke vom Kniestock zur Badezimmerwand.
„Und was machen wir jetzt mit deinem Bett?", fragte Hilde. „Mein Bett wollte ich eigentlich so stehenlassen wie es immer stand. Also mit freiem Abstand zur Giebelwand.", antwortete Kurt.

„Nein, das muss jetzt ganz an die Giebelwand. Dann haben wir richtig Platz in der Mitte gewonnen – zum Tanzen."

„Wenn isch hie danze, dann heegschdens uff'm Madratzeball! Unn schunn garnedd kummd mei Bedd direggd an die Gäwwelwand! Dann hann isch jòh gar- kä Gang meh um auszeschdeihje."

„Dann kannst du doch nach der anderen Seite aussteigen."

„Ob mir das naachds ennfalld, wenn isch mòhl rausmuss? Außerdem ess das weidà wägg vunn dà Dijà zum Baad. Unn isch muss doch naachds eefdàsch uff's Heisje?"

'S Hilde schdischelde: „Ob du das von dort noch – „tropffrei" schaffst?"

„Ach, wehje demm Äänmedàfuchzisch wo das weidà ess werr isch doch nedd gleich inn die Bux pingele! Awwà jetzt muss isch mòhl e Ìwwàbligg vàschaffe."

Dann holld de Kurt sei Dobbelmedà, messd unn machd, fix zwä Zeischnunge medd all Fròhe druff.

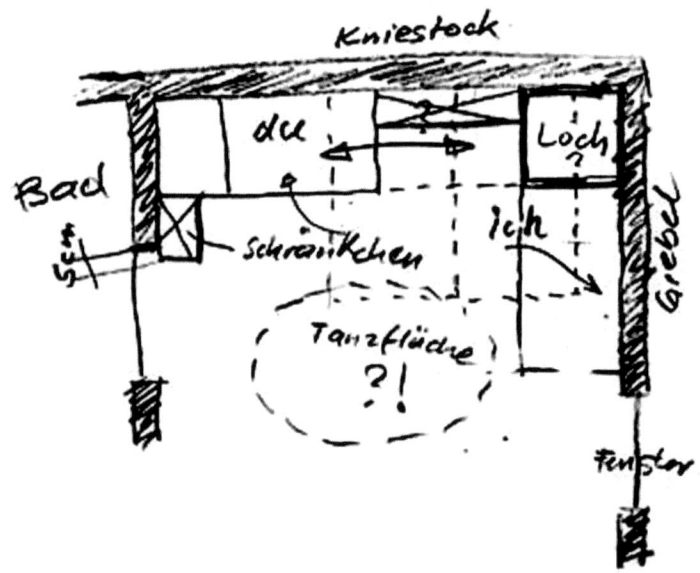

„Nein, das muss jetzt ganz an die Giebelwand. Dann haben wir richtig Platz in der Mitte gewonnen – zum Tanzen."

„Wenn ich hier tanze, dann höchstens auf dem Matratzenball! Und mein Bett kommt keineswegs an die Giebelwand? Dann habe ich ja gar keinen Gang mehr zum Aussteigen."

„Dann kannst du doch nach der anderen Seite aussteigen."

„Ob mir das nachts einfällt, wenn ich mal rausmuss?" Außerdem ist das auch weiter weg von der Türe zum Bad. Und ich muss doch nachts öfters zur Toilette?"

Hilde stichelte: „:Ob du das von dort noch – „tropffrei" schaffst?"

„Ach, wegen der Einmeterfünfzig wo das weiter ist, wirst du doch nicht gleich in die Hose pinkeln!

Aber jetzt muss ich mir aber mal einen Überblick verschaffen."

Dann nahm Kurt seinen Doppelmeter, maß und machte schnell zwei Zeichnungen mit allen Fragestellungen.

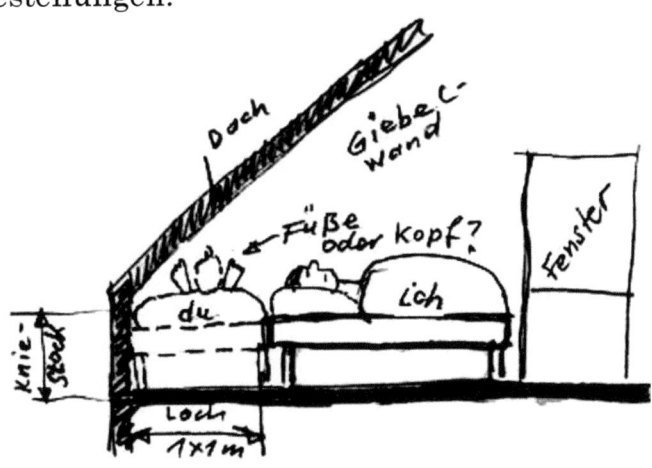

De Kurt mennd: „Das ään Schränksche känne mir jòh zwische dei Bedd unn de Dijàrahme schdelle. Dann haschd'e dord aach e Ablaach."

„Nein, das Teil mag ich nicht mehr. Sieh mal wie das Ding aussieht, das ist ja ganz verkratzt. Das kannst du raustragen und irgendwo hinstellen, bis der Sperrmüll abgefahren wird"

Herrjee – 's gehd nedd, 's ess ze lang!. Wenn isch das Schränksche äänfach um femf Zendimedà absääje, missd's dezwische passe." Ihr Andwoàd war: „Alter Knauper du spinnst wohl!".

Sie hann dòhnòh e Schweige- unn Schiewe-Minudd enngeleed Dann guggd Schlòòfgemachs-Scheffin um sisch unn saad: „Gut, dass ich vorher überall Staub gesaugt hatte."

„Du medd deinà Schdaabsauchàrei. Medd demm Bläschrohá vunn demm Abaraad schdooschd du alles aan, vàgratzschd de Boddem unn die Fieß vunn all Meewele! Gugg dà doch die Schdolle vunn denne Schränkschà mòhl aan!"

„Ist doch gar nicht wahr. Ich passe immer genau auf. Ich muss aber saugen! Wenn es nach dir ginge, dann würde der Staub überall zentimeterhoch liegen!"

Meewelzòres

Sie hann aangefang, die Schränkschà unn die Kommödschà neij ze sordiere. Sie hann aangefang die Schränkschà unn die Kommödschà neij ze sordiere. Alles hadd wild emm Zìmmà rum geschdann. 'S Hilde saad zum Kurt: „Wir müssen zuerst Ordnung schaffen. Wir stellen alle Möbel zur Seite. Sonst fällst du noch darüber, wenn du nachts zur Toilette gehst. Im Übrigen gefallen mir die ganzen Schränkchen und Kommoden schon lange nicht mehr. Das hat man heute nicht mehr. Ich will nach so vielen Jahren endlich mal was Neues, was Modernes."

Kurt meinte noch: „Ach, das eine Schränkchen können wir ja zwischen dein Bett und den Türrahmen stellen. Dann hast du dort auch eine Ablage."

„Nein, das Eckteil mag ich nicht mehr. Sieh mal wie das Ding aussieht, das ist ja ganz verkratzt. Das kannst du raustragen und irgendwo hinstellen, bis der Sperrmüll abgefahren wird."

„Herrje –. das geht aber nicht, es ist zu lang!. Wenn ich das Schränkchen einfach um fünf Zentimeter absäge, dann müsste es dazwischenpassen."

Ihre Antwort war: „Alter Knauper du spinnst wohl!".

Sie legten danach eine Schweige- und Schiebe-Minute ein. Danach schaute sich die Chefin ihres Schlafgemachs um und sagte: „Gut, dass ich vorher überall Staub gesaugt hatte."

„Du mit deiner Staubsaugerei. Mit dem Blechrohr des Apparates stoßt du alles an, verkratzt den Boden und die Füße aller Möbel. Schau dir doch die Stollen aller Schränkchen mal an!"

„Ist doch gar nicht wahr. Ich passe immer genau auf. Ich muss aber saugen! Wenn es nach dir ginge, dann würde der Staub überall zentimeterhoch liegen!"

Möbelfrust
Sie begannen, die Schränkchen und Kommödchen neu zu arrangieren. Dabei gingen nicht mehr alle zwischen die Betten. Alles stand wild im Zimmer herum. Hilde sagte zu Kurt: „Wir müssen zuerst Ordnung schaffen. Wir stellen alle Möbel zur Seite. Sonst fällst du noch darüber, wenn du nachts zur Toilette gehst. Im Übrigen gefallen mir die ganzen Schränkchen und Kommoden schon lange nicht mehr. Das hat man heute nicht mehr. Ich will nach so vielen Jahren endlich mal was Modernes."

„Wie – das ess jòh das Neijschde. Iwwàall vàzeelsch'e schdolz, dass unsà Kerrschebaamschlòòfzimmà zeidloos scheen wär unn mir känn neijes brauche dääde."
„Ja – der Kleiderschrank ist ja auch noch schön, aber das ganze andere Zeugs? Ich will schon lange eine höhere Kommode." *„Unn was mache mà jetzt medd de ganze Naachdschränkschà?"* „Die geben wir alle zum Sperrmüll. Dann hätte ich endlich mal mehr Platz im Schlafzimmer, und ich könnte da in die Ecke noch einen Korbsessel hinstellen. Und für die freie Fläche würde ich mir einen schönen neuen Teppich kaufen."
„Heer mà uff medd noch'nem Korbsessel. Dòh setzd doch nie äänà drin! Unn die ganze Schränkschà fòrdschmeiße?
Das känne mà nedd! Ìnn denne ess doch jetzd dei unn mei Unnàwäsch drìnn!"
„Deine – meine ist in der großen Kommode."
„Schdimmd doch nedd! Biss uff das ääne Schränksche senn doch ìnn all annàre nur Sache vunn dir. Unn das ess e Haufe Zeisch."
„Alles alte Kleider. Da muss ich sowieso vieles davon in die Kleidersammlung geben."
„Isch hann dir ìmmà gesaad, dass du zu vill Klamodde haschd."
„Wenn ich dann die neue Kommode habe, dann kann ich mir endlich mal neue Sachen kaufen."
„Hhhhh – vàfluchdi Madratzedell!, isch gänn's uff! Awei holle ich mà doch mòhl e Flasch Bieà aus'em Kellà."
Vumm Kellà ess'à nimmeh zerigg enn's Schlòòfzimmà gang sonnan enn's Wohnzimmà, hadd sisch fixeferdisch uff's Sofa gesetzd unn sei Flasche Bieà gedrungk. 'S Hilde ess runnà kumm unn nòh e'me gemänsame Schläfsche vòr'm Fernsehjà, senn s'e dann ruff ìnn ihr „Probe-Bedd-Äggee" gang.

„Wie – das ist ja das Neueste! Überall erzählst du stolz, dass unser Kirschbaum-Schlafzimmer zeitlos schön wäre und wir kein neues brauchen".

„Ja – der Kleiderschrank ist ja auch noch schön, aber das ganze andere Zeugs? Ich will schon lange eine höhere Kommode."

„Und was machen wir mit den ganzen Nachttischschränkchen?"

„Die geben wir alle zum Sperrmüll. Dann hätte ich endlich mal mehr Platz im Schlafzimmer, und ich könnte da in die Ecke noch einen Korbsessel hinstellen. Und für die freie Fläche würde ich mir einen schönen neuen Teppich kaufen."

„Hör auf mit noch einem Korbsessel. Da setzt sich doch nie jemand hinein! Und alle Schränkchen entsorgen? Das können wir nicht!. In denen ist doch deine und meine Unterwäsche drin!"

„Deine – meine ist in der großen Kommode."

„Stimmt doch nicht! Bis auf das eine Schränkchen sind doch in allen anderen nur Sachen von dir. Und das ist ein Haufen Zeugs."

„Alles alte Kleider. Da muss ich sowieso vieles davon in die Kleidersammlung geben."

„Ich sage ja immer, du hast zu viele Klamotten",

„Wenn ich dann die neue Kommode habe, dann kann ich mir endlich mal neue Sachen kaufen."

„Hhhhh – verfluchte Matratzenkuhle! Ich geb's auf! Jetzt muss ich mir doch mal eine Flasche Bier aus dem Keller holen." Vom Keller ging er nicht mehr zurück ins Schlafzimmer, sondern ins Wohnzimmer, setzte sich erschöpft auf die Couch und trank seine Flasche Bier. Hilde kam auch nach unten und nach einem gemeinsamen Schläfchen vor dem Fernseher gingen sie nach oben und legten sich – jeder in seine neue Probe-Bett-Ecke.

Und die waren geweehnungsbedirfdisch! Die neije Roste, medd der raffinierde individuelle Vàschdell-Meschanig, hann 7 cm heehjà uff de Beddgeschdelle geläh unn dòhdruff ware noch die digge Segmend-Madratze. Das hadd dezu gefiehrd, dass 's Hilde unn de Kurt jetzd nur noch e Handbrääd Lufd bis ans Dach iwwà de Käbb hodde!

'S Hilde saad noch: „Da stoße ich ja an, wenn ich nachts den Kopf hebe."

„*Du kannschd jòh das Keilkisse unnà deim Kobbkisse rausmache.*"

„Ach – ja, das brauche ich jetzt nicht mehr, ich kann ja den neuen Lattenrost verstellen."

„*Dann leisch'e awwà weddà so hoch, als wennsch'e uff demm Keilkisse leihje däädschd.*"

„Ja wenn wir die Lattenroste nicht verstellen können, warum haben wir uns dann so tolle Dinger gekauft?"

„*Weil's die nuà als Kombleddangebodd zesamme medd dà Madratze gäbb hodd!*"

Sie hann schdill inn de Ägge, uff ihre ausenannà-geschdellde Bedde geläh.

De Kurt saad: „*Gudd, jetzd werrd das mòhl ausbrobierd. Heid Naachd schlòòfe mà so, wie die Bedde jetzd schdehn.*"

De Kurt hadd uff seinem, „*Hochbedd" geläh, das medd der reschd Seid an die Gäwwelwand geschoob war. Als er naachds uffschdehn wolld, ess'à gleich medd'em Kobb ans Schrääschdach geknalld. Dann drähd der sisch wie friehjà nòh links fà aus'em Bedd ze schdeihje. Brommd hadd'à sisch de Kobb an dà Hauswand geschdooß! Er wolld's Lischd nääwe seim Bedd aanmache, das ess awwà nedd gang, weil der Schalldà dòrsch die heehjà Madratz vàdäggd war.*

Und die waren gewöhnungsbedürftig!
Die neuen, 7 cm hohen Roste lagen auf den Bettgestellen und darauf lagen noch die dicken Segment-Matratzen.
Das hatte zur Folge, dass Hilde und Kurt jetzt über ihren Köpfen, bis zur Dachschräge, nur noch eine Handbreit Luft hatten!
Hilde bemerkte: „Da stoße ich ja an, wenn ich nachts den Kopf hebe."
„Du kannst ja das Keilkissen unter deinem Kopfkissen herausnehmen."
„Ach – ja, das brauche ich jetzt nicht mehr, ich kann ja den neuen Lattenrost verstellen." „Dann liegst du aber wieder so hoch, als würdest du auf Keilkissen liegen."
„Ja wenn wir die Lattenroste nicht verstellen können, warum haben wir uns dann so tolle Dinger gekauft?"
„Weil es sie nur im Komplettangebot zusammen mit den Matratzen gab!"
Sie lagen schweigend in den Ecken, auf ihren auseinandergestellten Betten.
Kurt sagte: „Gut, jetzt wird das mal ausprobiert. Heute Nacht schlafen wir so, wie die Betten jetzt stehen."
Kurt lag auf seinem Bett, das mit der rechten Seite an die Giebelwand geschoben war. Als er nachts aufstehen wollte, knallte er mit dem Kopf zuerst an die Dachschräge.
Dann drehte er sich wie gewohnt nach links, um aus dem Bett zu steigen.
Prompt stieß er sich den Kopf an der Hauswand!
Er wollte das Licht am Schalter neben seinem Bett anmachen, doch das ging nicht, weil der Schalter durch die höhere Matratze verdeckt war.

E bisje brummisch hodd de Kurt sisch nòh reschds aus 'em Bedd gedrähd unn ess emm Dungle Rischdung Baadezìmmà geschwangd. Gott sei Dank ess er dòh nedd iwwà das Äggschränksche gefall, das s'e midde enn's Zìmmà geschoob hodde.

Nòh demm Toileddegang hodd de Kurt hellwach ìnn seim Bedd geläh, weil aus der annà Schlòòfzimmàägg Gereische kumm senn, die er vumm Hilde sunschd nur geheerd hodd, wenn die mòhl wìddà emm Traam vunn jemand vàfolschd wòr ess. Er hadd geglaabd, dass sie devunn dräämd, dass sie emm Aldàsheim leihje dääd unn reschds unn links wirde zwä Helfà an ihrem Bedd schdehn, die s'e zum Dusche draan wollde.

Mürrisch drehte er sich nach rechts aus dem Bett und wankte im Dunkeln in Richtung Badezimmer.
Gott sei Dank verpasste er dabei das Eckschränkchen, das sie einstweilen in die Zimmermitte geschoben hatten.
Nach dem Toilettengang lag Kurt hellwach in seinem Bett, weil aus der anderen Ecke des Schlafzimmers Geräusche zu ihm drangen, die er von Hilde sonst nur vernahm, wenn sie mal wieder im Traum von jemandem verfolgt wurde.
Er glaubte, dass sie jetzt davon träumt, sie würde im Altersheim liegen und rechts und links ständen zwei Helfer an ihrem Bett – die sie zum Duschen tragen wollten.

Hilde hodd e ziemlisch unruhischà Schlòòf. Hadd medd de Arme um sisch geschlaa unn dòhdebei ans schrääsche Dach gehau. Hodd sisch schdännisch vumm Bauch uff de Buggel unn r'um uff die Seid gedrähd.

Albdrääm

Wie's Hilde am nägschde Mòrje wach wòr ess, hodd s'e e Zeid lang ganz ruhisch uff ihrem Hochlaachà gelääh unn gehje das schrääsche Dach kòrz iwwà ihrem Kobb geschdierd.
Emm Schlòòfzimmà war's so schdill, dass de Kurt geglaabd hodd er kännd heere, was emm Hilde vòrgang ess.
Dann ess'es aus ihr rausgeblatzd: „Ich meine gerade ich läge im Altersheim. Dort sind die Betten auch so hoch."
„Ei – dann konnschd'e jetzd mòhl täsde ob die Pfleger gudd an disch ran käme. Mir wollde doch emm Aldà die Bedde äbbes heehjà hann. Gewehn disch draan!"
„Aber nicht so hoch, da falle ich ja raus! Und außerdem – so alt bin **ich** noch nicht! **Du** vielleicht!".
Das war nedd scheen vumm Hilde.

Kurt rächte sich sofort mit: „Du siehst vielleicht nicht so alt aus – fühlst dich aber alt an!"
Prombd hadd' s'e'm ihr Schlabbe an de kobb gewòrf.
Trotz allem Zòòres dengkd de Kurt dass ääs, uff denne neije Madratze, medd ihm bis zum biddàre Änn alles dòrschschdehn wolld
Dann hadd de Kurt sich gedraud zu saan: „Die Madratze senn sogar noch bräädà, als unsà alde, unn vunn denne bischd du aach nedd runnàgefall. Selbschd nedd, wenn isch mòhl zu dir riwwà komm benn."

Hilde hatte einen unruhigen Schlaf. Schlug mit den Armen um sich und traf die Dachschräge. Dann drehte sie sich ständig vom Bauch auf den Rücken und zurück auf die Seite.

Albträume

Als Hilde am nächsten Morgen aufwachte, lag sie eine Weile ganz ruhig auf ihrem Hochlager und schaute verstört gegen das kopfnahe Dach.

Im Schlafzimmer war es so still, dass Kurt förmlich hören konnte, was in Hilde vorging.
Dann platzte es aus ihr heraus: „Ich meine gerade ich läge im Altersheim. Dort sind die Betten auch so hoch."
„Nun, jetzt konntest du gerade mal testen ob die Pfleger gut an dich heran kämen! Wir wollten doch im Alter die Betten etwas höher haben"
„Aber nicht so hoch, da falle ich ja raus! Und außerdem – so alt bin **ich** noch nicht! **Du** vielleicht!".
Das war nicht schön von Hilde.

Kurt rächte sich sofort mit: „Du siehst vielleicht nicht so alt aus – fühlst dich aber alt an!"

Prompt warf sie ihm ihre Hausschuhe an den Kopf. Letztendlich deutete er es so, dass sie, auf den neuen Matratzen, mit ihm bis zum bitteren Ende alles durchstehen wollte.
Daraufhin wagte Kurt zu sagen: „Die Matratzen sind sogar noch breiter als unsere alten, und von denen bist du auch nicht runtergefallen. Selbst nicht wenn ich mal zu dir gekommen bin."

„Das kannst du dir abschminken. In diesen Betten läuft nichts! Nachher schiebt sich der Lattenrost noch vom Untergestell weg, und ich rutsche ab."

De Kurt hadd ruhisch uff seinà Beddkand gesetzd, als'e'm e helles Lischd uffgang ess: „*So e Fubbes! Jetzd will isch das Kerrschebaamschlòòfzimmà schunn vànachele! Unn iwwàhaubd, die Bedde ausenannàzeschdelle, das wär doch blangà Bleedsinn!*"

Zu seim Schatz saad'à: „*Heid Naachd hann isch fäschdgestelld, dass das Ausenannàschdelle nix fà uns ess. Isch dääd die Bedde liewà widdà zesammeschdelle, du bischd mir sunschd zu weid wägg. Mir wird doch äbbes fähle, wenn du nimmeh nääwe mir leije däädschd. Schlimm wär's, wenn isch medd meinà Hand nòòh reschds enn's Lääre greife unn disch nedd fiehle kännd. Wenn isch disch morjens nimmeh siehn dääd, wie du friedlisch nääwe mir schlòòfschd unn dòhbei dei Gesischd dief enn's Kisse rinnkuscheldschd – so dief, dass fàschd nur noch dei Nääsje rausguggd.*"

Jetzd war's Hilde ganz geriehrd unn hadd fàschd geflännd. „Hör auf, hör auf, sonst fange ich noch an zu weinen. Wenn du nicht neben mir liegst, kann ich auch nicht schlafen. Ich habe die ganze Nacht kein Auge zugetan. Nein, in der Ecke schlafe ich nicht mehr. Ich kam mir ja vor, als schlafe ich in einem fremden Bett! Und du weist doch, wenn ich im Urlaub in fremden Betten schlafe, bekomme ich meistens 'ne Verstopfung.".

Noch emm Nachthemd sagte sie: „Wir stellen die Betten wieder zusammen."

Sie schdellde die Bedde widdà so zesamme wie s'e friehjà geschdann hann. unn hann die Schränkschà nommòh uff ihr alde Blätz geschoob.

„Das kannst du dir abschminken. In diesen Betten läuft nichts! Nachher schiebt sich der Lattenrost noch vom Untergestell weg, und ich rutsche ab."
Kurt saß ruhig auf seiner Bettkante. als ihm ein helles Licht aufging: „So ein Quatsch! Jetzt will ich das Kirschbaumschlafzimmer schon vernageln! Und überhaupt, die Betten auseinanderzustellen, das ist nicht die Lösung."

Zu seinem Schatz gewandt sagte Kurt „Heute Nacht habe ich festgestellt, dass das Auseinander nichts für uns ist. Ich würde die Betten lieber zusammen stehen lassen. So wie es immer war. Du bist mir sonst zu weit weg. Mir würde etwas fehlen, wenn du nicht mehr neben mir liegst.
Schlimm wäre es, wenn ich mit meiner Hand nach rechts ins Leere greifen würde und dich nicht mehr fühlen könnte. Wenn ich dich morgens nicht mehr sähe, wie du friedlich schläfst und dabei dein Gesicht in das Kissen eingekuschelt hast – so tief, dass fast nur noch dein Näschen hervorlugt."
Da war Hilde ganz gerührt und den Tränen nahe.
„Hör auf, hör auf, sonst fange ich noch an zu weinen. Wenn du nicht neben mir liegst, kann ich auch nicht schlafen. Ich habe die ganze Nacht kein Auge zugetan. Nein, in der Ecke schlafe ich nicht mehr. Ich kam mir ja vor, als schlafe ich in einem fremden Bett! Und du weißt doch, wenn ich im Urlaub in fremden Betten schlafe, bekomme ich meistens 'ne Verstopfung.".
Noch im Nachthemd sagte sie: „Wir stellen die Betten wieder zusammen."
Sie stellten die Betten wieder zusammen und schoben die Schränkchen nochmal dorthin wo sie vorher standen.

Kaum ferdisch demedd saad's Hilde: „Wir können aber auch mal zu Möbel Marta nach Doppelfurt fahren, das ist nicht so weit. Die Filiale dort ist viel größer als die in Wellenbach. Vielleicht haben die ja Ein-Meter-Einzel-Betten, in die unsere Lattenroste passen."
Dòh grummeld de Kurt: „Jetzd fahre mir noch ìnn dä Weldgeschischd e'rum, nuà weil du mià handwerglisch nix zudrauschd. Unn wenn die dann nix hann, fahre mà noch dreißisch Kilomedà weidà! Am Änn noch nòh Kaisàsluddà.
Dann werrd's widdà längschd iwwà Meddaach senn. Wenn schunn, dann fahre mà liewà gleisch nòh Kaiserslutter."
Aussàdemm kennen mir dann dòrd endlisch mòhl ìnn demm Reschdurand ze Meddaach esse, ìnn demm de Herr Bankdiregdor Dämmerwolf ìmmà esse gehd."
„Ach, in Doppelfurt werden wir schon was finden. Und die haben auch eine schöne Cafeteria, in der man gut essen kann."
„*Okay, läddschdà Vàsuch bei Meewel Marta. Awwà zueerschd friehschdigge mir noch."*
Nòh demm Friehschdigg, war's Hilde uff äänmòh fòrd. Er dengkd: „Nòhjà, wenn s'e frischà Abbelsinesafd gedrungk hadd unn dòhzu noch e Bio-Joghurt essd, muss'es ìmmà schnell gehen."
Er hodd de Disch abgereimd unn sisch ennkaafsgereschd aangezòh. Dann wolld de Kurt das Audo aus dà Karaasche holle. Doch als'à aus der Hausdijà raus kumm ess, hodd der Karre schunn devòr geschdann unn sei „Deibsche" hadd uff'm Beifahràsitz gesetzd!
Er ess enngeschdieh unn saad „Du vàhallschd disch wie e großà Hund. Wenn mà demm saad, dass mà medd'em Gassi gehn will, dann setzd der aach schunn vòr sei'm Herrchen emm Audo."

Kaum fertig damit sagte Hilde „Wir können aber auch mal zu Möbel Marta nach Doppelfurt fahren, das ist nicht so weit. Die Filiale dort ist viel größer als die in Wellenbach. Vielleicht haben die ja Ein-Meter-Einzel-Betten, in die unsere Lattenroste passen."

Mürrisch kommentierte Kurt: „Jetzt fahren wir noch in der Weltgeschichte herum, nur weil du mir nichts zutraust. Und wenn die dann nichts haben, fahren wir noch dreißig Kilometer weiter! Am Ende noch bis nach Kaiserslutter.

Dann wird es längst wieder bis über die Mittagszeit sein. Wenn schon, dann fahren wir lieber sofort nach Kaiserslutter."

Außerdem können wir dann dort endlich mal in dem Restaurant zu Mittag essen, in dem der Herr Bank-Direktor Dämmerwolf immer isst."

„Ach, in Doppelfurt werden wir schon was finden. Und die haben auch eine schöne Cafeteria, in der man gut essen kann."

„Okay, letzter Versuch bei Möbel Marta. Aber zuerst frühstücken wir noch."

Nach dem Frühstück verschwand Hilde eilig.

Er dachte: „Nun ja,.. wenn sie frischen Orangensaft getrunken hat und dazu noch Bio-Joghurt isst, muss es immer schnell gehen."

Er räumte den Tisch ab und zog sich einkaufsgerecht an. Dann wollte Kurt das Auto aus der Garage holen. Als er aus der Haustür trat, stand der Wagen schon davor und sein „Täubchen" saß auf dem Beifahrersitz!

Kurt stieg ein und sagte: „Du verhältst dich wie ein großer Hund. Wenn man dem sagt, dass man mit ihm Gassi gehen will, dann sitzt der auch schon vor seinem Herrchen im Auto."

Emm Normalfall hädd die bei der Bemergung Feijà geschbautzd, awwà de Kurt ess zefòrd ab nòh Doppelfurt losgefahr – ohne dass die geschbautzd hädd.
Sie hodd nur iwwà denne Hund gelachd. Emm Hilde sei Freid dòdriwwà, dass de Kurt, ohne vill Zirgus ze mache, meddfahre wolld, war greeßà als ihr Uffreeschung iwwà denne Vàgleisch medd'em Hund.

Neijes Bedd
Marta Doppelfurt war schunn e großà Lade. Die hodde Bettgestelle medd'nem zwä Medà langem "getjun-dem" High-Tech-Radio-Paneel, *Dobbelbedde inn weißsem Schleiflagg-Desein medd vàchromde Schdollefieß. Awwà aach ganz äänfache Madratze-Haldàrunge unn medd Ranke geschnitzde Edelholzkreadzione oddà roseholzfarwische Dobbelbedde. E figgàrischi, middelaldi Vàkeifàrin hadd 'ne beim Rumlaafe zugeguggd. Kòrz vòr dass de Kurt saan wolld:* „Komm, loss uns gehen, die hann aach nix!", *hodd die Vàkeifàrin schunn nääwe'm Hilde geschdann unn saad:* „Kann ich Ihnen helfen?"
Saad's Hilde: „Haben sie denn nichts in Kirsch-Baum?"
„Doch, da hinten in der Ecke haben wir ein Bett. Das ist in kirschbaumfarbenem Rosenholz."
Zwischedòrsch fròhd's Hilde: „Gibt es bei Ihnen auch den Mehrwertsteuernachlass?"
„Nein, die Aktion ist ausgelaufen."
„Das ist aber blöd! Nur weil wir über sechs Wochen auf die falschen Roste warten mussten, die uns ihre Kollegin in Wellenbach verkauft hatte, gehen uns jetzt die Prozente durch die Lappen!", *reeschd's Hilfe sisch dòh uff. Die Beddemännädschàrìn saad dòhruff:*
„Ab übermorgen starten wir eine neue Rabattaktion. Ich gebe ihnen aber heute schon den Nachlass."

Im Normalfall hätte sie bei dieser Bemerkung Feuer gespuckt, aber Kurt startete umgehend nach Doppelfurt – ohne dass sie spuckte. Sie lachte nur über den Hund. Hildes Freude darüber dass Kurt – ohne viel Zirkus zu machen – mitfuhr, war offenbar größer als ihre Empörung über den Hundevergleich.

Neues Bett
Marta Doppelfurt war ein großer Laden. Da gab es zwei Meter lange, "getunt" High-Tech-Musicbox-Paneel Bettgestelle, Doppelbetten in weißem Schleiflack-Design mit verchromten Stollen-Füßen. Aber auch schlicht spartanisch gehaltene Matratzen-Halterungen und rankengekerbte Edelholzkreationen sowie rosenholzfarbige Doppelliegen.

Eine agile Verkäuferin mittleren Alters beobachtete ihre Irrungen. Kurz bevor Kurt sagen wollte: „Komm, lass uns gehen, die haben auch nichts!", stand die Frau schon an Hildes Seite und sagte: „Kann ich Ihnen helfen?"
Hilde fragte „Haben sie denn nichts in Kirschbaum?"
„Doch, da hinten in der Ecke haben wir ein Bett. Das ist in kirschbaumfarbenem Rosenholz."
Zwischendurch fragte Hilde: „Gibt es bei Ihnen auch den Mehrwertsteuernachlass?"
„Nein, die Aktion ist ausgelaufen."
„Das ist aber blöd! Nur weil wir über sechs Wochen auf die falschen Roste warten mussten, die uns ihre Kollegin in Wellenbach verkauft hatte, gehen uns jetzt die Prozente durch die Lappen!", entrüstete sich Hilfe.
Die Bettenmanagerin sagte beruhigend: „Ab übermorgen starten wir eine neue Rabattaktion. Ich gebe ihnen aber heute schon den Nachlass",

„Rosenholz?", *zweifeld 's Hilde unn fròhd nommòh:*
„Haben Sie das auch in anderem Holz?"
Die Vàkeifàrin saad: „Ja". *Dann zeihd s'e ihne e Muschdà emm Kaddàloch unn schwätzd weidà:* „Das haben wir noch in Birke, Ahorn, Nussbaum, Buche...."
„Buche ginge auch – oder?", *fròhd's Hilde de Kurt*
„Jòh, der Ton siehd fàschd aus wie Kerrscheholz."
Na endlisch, das war's doch! Die zwä hodde genuch vumm Suche. Sie hodde Beddgeschdelle gefunn, ìnn die ihr neije Ladde-Rooschde unn uff die ihr neije Madratze gebassd hann. Die Bedingung es missd kerrschebaamfarwisch senn war jetzd Nääwesach. Aach die Äänzelbedd-Iwwàlehjunge ware vumm Disch. De Reschd war wie ìmmà. De Preis ess medd'e'me Abzuuch – der wo eischendlisch eerschd ìnn drei Daach gang wär – ausgereschend wòr.
Dann saad emm Kurt sei Liebschdes: „Gott sei Dank, dann kann ich ja endlich wieder in einem vernünftigen Bett schlafen! Wann können Sie das Bett denn liefern?"
„Das müsste ich bestellen. Moment, ich schaue mal nach. – Vor acht Wochen geht das nicht, der Hersteller produziert nur nach Auftragseingang."
Geschoggd saad's Hilde: „Jetzt haben wir Anfang Oktober, da müsste ich ja bis in den Dezember auf dem kalten Boden schlafen!?"
Die Vàkeifàrin zuggde medd de Schullàre unn hodd dòhmedd ze vàschdehn gäbb, dass an denne 8 Wuche nix ze ännàre wär.
De Kurt unnàschreibd unn machd e Aanzahlung uff die Beschdellung.
„Jetzt hat das doch lange gedauert. Da koche ich heute aber nichts mehr", *gäbbd's Hilde ze vàschdehn, unn dann senn s'e ìnn die Cafeteria gang.*

„Rosenholz?, zweifelte Hilde und fragte abermals: „Haben Sie das auch in anderem Holz?"
Die Verkäuferin sagte: „Ja". Sie zeigte ihnen einige Muster und fuhr fort: „Das haben wir noch in Birke, Ahorn, Nussbaum, Buche...."
„Buche ginge auch – oder?", fragte Hilde ihren Kurt..
„Ja, der Ton kommt dem Kirschbaum am nächsten."
Na endlich, das war's doch! Beide waren des Suchens überdrüssig. Sie hatten Bettgestelle gefunden, in die ihre neuen Lattenroste und neuen Matratzen passten.
Sie warfen alle Vorsätze und Rettungs-Bemühungen altersvariable, kirschbaumfurnierte Einzelbetten zu retten über Bord!
Der Rest war wieder Routine. Der Preis wurde unter Abzug des erst in drei Tagen zu gewährenden Rabattes ermittelt.
Dann sagte Kurts Liebste: „Gott sei Dank, dann kann ich ja endlich wieder in einem vernünftigen Bett schlafen! Wann können Sie das Bett denn liefern?"
„Das müsste ich bestellen. Moment, ich schaue mal nach. – Vor acht Wochen geht das nicht, der Hersteller produziert nur nach Auftragseingang."
Geschockt sagte Hilde: „Jetzt haben wir Anfang Oktober, da müsste ich ja bis in den Dezember auf dem kalten Boden schlafen!?"
Die Verkäuferin zuckte mit den Achseln und deutete damit an, dass an den acht Wochen nichts zu ändern wäre.
Kurt leistete die Unterschrift und machte eine Anzahlung auf die Bestellung.
„Jetzt hat das doch lange gedauert. Da koche ich heute aber nichts mehr", verkündete Hilde, und beide begaben sich in die Cafeteria.

Weenichdens die Esse-Auswahl bei Marta Dobbelfurt ess reiwungslos unn äänfach gang.
Sie hann's Daachesangebod, Spaghetti uff Doppelfurter Art medd geschmoorde Schambions geholl.
Dann senn s'e zefriede hemm gefahr.

Dehemm aangekomm, senn s'e auwà nedd gleich ìnn ihr Schlòòfschdubb gang, um nòhzemesse ob die neij Beddausschdaddung aach e'rìnn passe dääd. Sie hann sisch devòr gefärschd, dass s'e merge dääde, dass nommòh äbbes falsch senn kännd.
Gehje Òhmend hodd de Kurt dann doch Bedenge: „Unn wenn die Schränksches-Anbaureih, zesamme medd demm neije Dobbelbedd, nimmeh enn's Zìmmà gehn? Ään Schränksche werrd villeischd nòhhär zevill senn?"
'S Hilde hadd dief Luft geholl unn saad ärschàlisch:
„Mensch jetzt reicht's! Wie oft soll ich es dir denn noch sagen: Diese – alten – Schränkchen schmeiße – ich – **alle** – weg! Bisweilen kannst du die Schränkchen ja stehen lassen. Du weißt aber, wenn die neue Kom-mode kommt, brauchen wir sie nicht mehr. Ich will endlich ein geräumiges Schlafzimmer haben!"
Ääs hadd sisch nedd devunn abhalle losse, e neiji Kommod kaafe ze wolle. E neiji Daachesdägg ess so gudd wie selbschvàschdännisch. 'De Kurt befärschd, ess kännd aach senn, dass s'e noch e neijà Däbbisch unn e zwäddà Korbsessel kaafd. „Wenn's nur dòhbei bleiwe dääd!!", dengkd 'à, „Oddà werre isch aach die Elektro-Schalldà unn die Schdeggdoose vàlehje misse? Werre mir neij dabeziere misse. Hängd s'e aach neije Vòrhäng uff?"
De Kurt hadd dòh schunn so sei Erfahrunge gemachd. Äänmòhl wolld's Hilde e neijà Fernsehjà.

Wenigstens die Essens-Auswahl bei Marta Doppelfurt verlief reibungslos und stressfrei.
Sie nutzten das Tagesangebot: Spaghetti auf Doppelfurter Art mit geschmorten Champignons.
Dann fuhren sie zufrieden nach Hause.

Zu Hause angekommen, begaben sie sich aber nicht gleich in ihr Schlafgemach, um nachzumessen ob die neue Bettausstattung auch hineinpasst. Sie fürchteten die Erkenntnis, es könnte noch einmal etwas falsch sein.

Gegen Abend hatte Kurt dann doch Bedenken: „Und wenn die Schränkchen-Anbaureihe, zusammen mit dem neuen Doppelbett nichtmehr ins Zimmer passt? Ein Schränkchen wird nachher wohl zuviel sein."
Hilde holte tief Luft und sagte ärgerlich: „Mensch jetzt reicht's! Wie oft soll ich es dir denn noch sagen: Diese – alten – Schränkchen schmeiße – ich – **alle** – weg! Bisweilen kannst du die Schränkchen wieder hinstellen. Du weißt aber, wenn die neue Kommode kommt, brauchen wir sie nicht mehr. Ich will endlich ein geräumiges Schlafzimmer haben!"

Sie ließ sich nicht davon abhalten, eine neue Kommode kaufen zu wollen. Und eine neue Tagesdecke war so gut wie selbstverständlich. Kurt befürchtete dass es auch noch ein neuer Teppich und ein zweiter Korbsessel sein könnte.
„Wenn's nur dabei bliebe!", dachte er, „Oder werde ich auch die Elektro-Schalter und die Steckdosen verlegen müssen? Werden wir neu tapezieren müssen. Hängt sie auch neue Gardinen auf?"
Kurt hatte da schon so seine Erfahrungen gemacht. Einmal wollte Hilde einen neuen Fernseher.

Dòhmedd ess'es zur'à Vàleeschung vunn neije Elektrokabele und Schdeggdoose emm Wohnzimmer komm.
All Zimmàwänn emm Haus hann neij geschdrisch gänn misse. E neijà Wohnzimmàschrank, e neijes Sofa, e neijà Wohnzimmàdäbbisch unn allàlei zum neije Ambiente bassendes Dekoradjonsmadrial mussd hää. Unn das hodd ääs alles schunn langfrisdisch vòr'e'me runde Gebòrdsdaach emm Kobb gehadd.
Zu demm Gebòrdsdaach hodd de Kurt awwà es Haus vunn auße noch schdreische misse!
Die Wuche senn ìnn's Land gang. Die zwä hodde sisch an die hohe Schlòòflaache geweehnd. Dròtz-demm dass'es Hilde sisch naachds ìmmà vumm Rigge zur Seid unn uff de Bauch gedrähd hodd, ess der provisorisch uffleihjende Ladde-Rooschd unn ihr neije Madratz nedd vàrudschd.
Midde November hodd sisch de Kurt am Meniskus obàriere losse misse. Zu denne Schbrisch wie: „Ei, aldà Sagg, ìnn deim Aldà soll mà bessà känn Schbord meh dreiwe", saad er nur: „Wenn isch nedd bis heid Schbord gedrieb hädd, hädd isch nedd schunn am zwädde Daach nòh der OP medd de Krigge wie e Agrobaad die Drebbe hoch- unn runnà-laafe känne!"
Dass sei Bedd so hoch war, ess'em dòh sehr kommod komm. Wenn er naachds mòhl uff's Klo gemussd hodd, ess'à – aach bei Dungelhääd – wie am Schniersche aus demm hohe Bedd e'raus komm. Lischd hadd'à jòh nedd aan gemachd, weil'à 's Hilde nedd wachmache wolld. Wehje seim vàletzde Knie hodd de Kurt awwà Schwierischkääde gehadd, ìnn die gehoggd Schdellung uff die Abòrdschissel runnà unn nommòh hoch ze kumme. Dòh hädd'à 's Hilde gebrauche känne.

Damit kam es zu einer Verlegung von neuen Elektrokabeln und Steckdosen im Wohnzimmer.
Es mussten alle Zimmerwände im Haus neu gestrichen werden.
Ein neuer Wohnzimmerschrank, eine neue Couch, ein neuer Wohnzimmerteppich und allerlei zum neuen Ambiente passendes Dekorationsmaterial musste her.
Und das alles langfristig vorausschauend vor einem runden Geburtstag. Zu dem Geburtstag musste Kurt sogar noch das Haus außen streichen!
Die Wochen gingen ins Land. Die beiden gewöhnten sich an die hohen Schlaflagen. Trotz des Rollens von Hilde vom Rücken zur Seite und auf den Bauch, verrutschten der provisorisch aufliegende Lattenrost und ihre neue Matratze nicht.

Mitte November unterzog sich Kurt einer Meniskus-Operation. Die Sprüche wie: „Ja, alter Sack, in deinem Alter sollte man halt keinen Sport mehr treiben", beantwortete er mit dem Argument: „Wenn ich nicht bis heute Sport getrieben hätte, hätte ich nicht schon am zweiten Tag nach der OP mit den Krücken wie ein Akrobat die Treppen hoch- und runterlaufen können."
Dass ihre Betten so hoch waren, kam ihm sehr entgegen. Wenn er nachts mal zur Toilette musste, ging das mit dem Knie aus dem hohen Bett heraus auch bei Dunkelheit problemlos. Licht wollte er ja nicht machen, damit Hilde nicht wach wurde.

Wegen seinem verletzten Knie hatte Kurt aber Probleme sich in der Hocke auf die Toilettenschüssel zu setzen und sich wieder aufzurichten.
Da hätte er Hildes Hilfe gebrauchen können.

Ìnn der Zeid, wo die zwä uff das neije Beddgeschdell gewaad hodde ess e'mòhl emm Kurt sei Freind Paul vòrbeikomm. Beim'e Bieà senn s'e uff Godd unn die Weld ze schwätzd kumm. Und wie's bei dà Leid Ende 50 so ess, senn s'e aach uff ihr kerbàlische Gebresche ze schwätze kumm. De Paul hodd vàzeehld, dass er vòr einischà Zeid aach Kreizschmerze gehadd hädd. Nòh e paar Schbritze hädd 'ne de Doggdà Michel zur physiotherapeutischen Behandlung ìnn e Reha-Klinik geschiggd. Ambuland. Uff Kòschde seinà Krangkekass. Er saad noch, dass sei Kreizschmerze nòh der Behandlung wie wäggeflòh gewehn wäre unn dass er an der Geschischd noch vàdiend hädd. Weil'à dääschlisch medd seinem eichene Audo zur Behandlung gefaah wär, hädd'à ganz scheen Kilomedàgeld gridd!

Mondaasch

Mondaach, Aanfang Dezembà. Gehje Nòhmìddaach hodd die Fraa vunn Marta aus Doppelfurt aangeruuf unn saad'ne, dass das Beddgeschdell vunn der Sondàbeschdellung Buche, kerrschebaamfarwisch, am Freidaach demm 15. Dezember geliefàd werre dääd. Ob aach jemand dehemm wär?

„Na endlich!", *saad's Hilde,* „Ich dachte schon ich müsste unterm Weihnachtbaum schlafen. Um wieviel Uhr wird das Bettgestell denn angeliefert?"

„Das kann ich Ihnen nicht sagen. Das macht das Auslieferungslager. Die Leute rufen Sie am Mittwoch noch mal an und werden ihnen das genau sagen. Den Transporteuren müssen sie dann aber den Restbetrag der Kaufsumme übergeben, sonst liefern die nicht aus", *saad die Fraa noch.*

'S Hilde ess am näägschde Dach morjens gleich zur Bank gang, um genuch Geld fir die Meewelschläbbà zu hann.

In der Zeit des Wartens auf das neue Bettgestell kam einmal Kurts Freund Paul vorbei. Bei einem Bier redeten beide über Gott und die Welt. Wie es bei Menschen um die 50 so ist, kamen sie auch auf ihre körperlichen Gebrechen zu sprechen.
Paul berichtete, dass er vor einiger Zeit Kreuzschmerzen hatte.
Nach ein paar Spritzen schickte ihn sein Arzt, Dr. Michel, zur physiotherapeutischen Behandlung in eine Reha-Klinik. Ambulant. Auf Kosten seiner Krankenkasse. Er sagte stolz, dass seine Kreuzschmerzen nach der Behandlung wie weggeflogen gewesen seien und dass er an der Geschichte noch verdient hätte. Er wäre ja zur Behandlung täglich mit seinem eigenen Wagen gefahren und dafür hätte er üppiges Kilometer-Geld bekommen!

Montage
Montag Anfang Dezember. Gegen Nachmittag rief die Dame von Marta Doppelfurt an und teilte ihnen mit, dass das Bettgestell der Sonderbestellung Buche, kirschbaumfarbig, am Freitag den 15. Dezember geliefert werden würde. Ob auch jemand da sei?
„Na endlich!", sagte Hilde, „Ich dachte schon ich müsste unterm Weihnachtsbaum schlafen. Um wieviel Uhr wird das Bettgestell denn angeliefert?"
„Das kann ich Ihnen nicht sagen. Das macht das Auslieferungslager. Die Leute rufen Sie am Mittwoch noch mal an und werden ihnen das genau sagen. Den Transporteuren müssen sie dann aber den Restbetrag der Kaufsumme übergeben, sonst liefern die nicht aus", sagte die Dame noch. Am nächsten Tag ging Hilde morgens sofort zur Bank, um genug Geld für die Möbelschlepper zu haben.

ìnn der Zeid hodd de Kurt sisch doch nommòh die Mieh gemachd unn gereschned was die Aktion „Kreizschmerze" kòschde dudd, bis alle Reschnunge fà die neije Bedde dòh ware. Fà neije Madratze, Ladde-Rooschde unn Beddgeschdell senn fàschd 2000 Euro zesamme kumm. De Kurt schdeend „Isch derf garnedd an das annà Gelumbs dengke wo s'e beschdimmd noch Kaafe will. Warum ess'es Hilde wehje seim Kreizschmerz zur Firma Marta unn nedd – wie de Paul – zum Dr. Michel gang?!"
S Hilde ess vunn dà Bank zerigg kumm und aach vunn dà Abbodeeg – wehje denne Pille fir die Oma Selma.
Sie werft die Apothekenrundschau vòr ihm uff de Disch unn mennd, dòh wird widdà äbbes Ìndressandes driwwà drin schdehn, wie mà Herzinfagd vàmeide kännd.
Ob s'e Gewissensbisse wehje denne Fusdradione hodd, die ihr Mann ìnn de läddschde Monade dòrschgemachd hodd?
De Kurt bläddàde ìnn demm Gradishefdsche e'rum, unn noch vòr demm Beidrach iwwà die Kollapsvàmeidung hodd ìnn fedde, rode Buchschdawe: "Abhilfe bei Kreuzschmerzen" geschdann. Das hodd de Kurt nadierlisch neigierisch gemachd. De Dogdà Knoche schreibd dòh Enn'e'me Uffsatz, dass schunn unsà Aldvòrdàre die heilende Wirgung vunn der Planz medd demm Name Beinwell *ze schätzen gewussd hädde. Wenn mà sisch e Saft vunn demm Zeisch, uff's Riggrad, dord hinn wo's weh dudd, schmiere dääd, wär alles wägg. Direggd nääwe dem Uffsatz vunn dem Herr Doggdà war ìnn demm Abbodeegà-Bläddsche aach noch e Reglame, ìnn der ess das Bräbarad „Saniwell aus Beinwell" fà nuà 16,50 Euro aangebodd wòr.*

In der Zeit machte sich Kurt doch noch mal die Mühe zusammenzurechnen was die Aktion „Kreuzschmerzen" gekostet hatte, bis sie alle Rechnungen für die neuen Betten hatten.
Für neue Matratzen, Lattenroste und Bettgestell kamen fast 2000 Euro zusammen!
Kurt stöhnte „Ich darf nicht an das andere Zeugs denken, das sie bestimmt noch kaufen will. Warum ging Hilde wegen ihrer Kreuzschmerzen zur Firma Marta und nicht – wie Paul – zu Dr. Michel?!"

Hilde kam von der Bank zurück und auch von der Apotheke – wegen den Pillen für Oma Selma.
Sie warf die Apothekenrundschau vor ihm auf den Tisch und meinte, da stünde wieder was Interessantes darüber drin, wie man einen Herzinfarkt vermeiden könne.
Ob Hilde Gewissensbisse wegen der Frustrationen hatte, die ihr Mann in den letzten Monaten durchmachen musste?
Kurt blätterte in dem Gratisheftchen herum, und noch vor dem Beitrag über die Kollapsvermeidung las er in fettroten Lettern: „Abhilfe bei Kreuzschmerzen".
Das interessierte Kurt natürlich.
Dr. Knoche erläuterte in dem Aufsatz, dass schon unsere Altvorderen die heilende Wirkung der Pflanze mit dem Namen Beinwell zu schätzen wussten.
Wenn man sich eine aus ihrem Saft gewonnene Tinktur auf das schmerzende Rückrat aufträgt, so soll das wahre Wunder bewirken. Direkt neben dem Aufsatz des Herrn Doktor befand sich in dem Apothekerblatt eine Anzeige, darin wurde das Präparat „Saniwell aus Beinwell" für nur 16,50 Euro angeboten.

Ärjalisch rufd de Kurt laud: „ze'eerschd das medd demm Doggdà Mischel wo mà noch Geld raus gridd hädde – unn jetzd dass! Warum nur ess das Pille-Kääs-bläddsche eerschd emm Dezembà unn nedd schunn emm Juli rauskomm! Medd'nem Hunnàdschde vunn de Kòschde hädde mir das Madratzebrobleem leese känne!"

Am 15. Dezembà ess nix kumm! Am schbääde Nòhmiddaach ruufd jemand vumm Ausliefàrungslaachà aan unn dääld emm Hilde medd:: „Entschuldigung, wegen dem Weihnachtsgeschäft können wir das Bettgestell erst am Dienstagmorgen liefern. Dann sind Sie aber gleich die zweite Auslieferungsadresse und das Fahrzeug kommt so – zwischen 8 und 11 Uhr".
„Na! Ich habe es ja geahnt! Und das, wo ich doch noch soviel für Weihnachten vorbereiten muss!", *seifzd Hilde*
Mondaachs war De Kurt uff dà Terrass medd'em Tannebäämsche fà de Heilische Òhwend beschäfdischd, als es Hilde owwe am Gäwwelfennschdà e'raus- guggd unn fròhd: „Wie lange brauchst du, um die alten Bettgestelle auseinanderzunehmen?"
„'S ess schnell gemachd.", *saad de Kurt.*
„Prima, dann kannst du das auch morgen früh noch machen, bevor die kommen. Sonst müssen wir ja heute Nacht auf dem Boden schlafen. Auf wie viel Uhr soll ich den Wecker stellen, damit du morgen noch genügend Zeit dazu hast?"
„*Soball isch medd demm Bäämsche ferdisch benn, mache isch die Geschdelle heid noch ausenannà.*
„Das schaffst du doch heute gar nicht mehr!"
„*Ach, die Beddgeschdelle senn doch e Klaggs!*"
„Wo machst du das denn? Auf der Terrasse? Dann müssen wir ja heute noch alles runterschaffen."

Ärgerlich rief Kurt: „Zuerst das mit dem Doktor Michel, wo wir noch Geld dabei rausgeschlagen hätten, und nun das! Warum nur kam diese Apothekerweisheit erst im Dezember und nicht schon im Juli heraus! Mit einem Hundertstel der Kosten hätten wir das Matratzen-Problem lösen können.".

15. Dezember.
Die Bettlieferung stand noch aus! Am späten Nachmittag rief jemand vom Auslieferungslager an und teilte Hilde mit: „Entschuldigung, wegen dem Weihnachtsgeschäft können wir das Bettgestell erst am Dienstagmorgen liefern. Dann sind Sie aber gleich die zweite Auslieferungsadresse und das Fahrzeug kommt so – zwischen 8 und 11 Uhr".
„Na! Ich habe es ja geahnt! Und das, wo ich doch noch soviel für Weihnachten vorbereiten muss!", seufzte Hilde.
Montag. Kurt war auf der Terrasse mit dem Tannenbäumchen für den Heiligen Abend beschäftigt, als sie oben am Giebelfenster rausschaute und fragte: „Wie lange brauchst du, um die alten Bettgestelle auseinanderzunehmen?"
„Das ist schnell gemacht.", sagte Kurt
„Prima, dann kannst du das auch morgen früh noch machen, bevor die kommen. Sonst müssen wir ja heute Nacht auf dem Boden schlafen. Auf wie viel Uhr soll ich den Wecker stellen, damit du morgen noch genügend Zeit dazu hast?"
„Sobald ich mit dem Bäumchen fertig bin, nehme ich die Gestelle heute noch auseinander."
„Das schaffst du doch heute gar nicht mehr!"
„Ach, die Bettgestelle sind doch ein Klacks!"
„Wo machst du das denn? Auf der Terrasse? Dann müssen wir ja alles heute noch runterschaffen."

„Nää, isch mache das an Ord unn Schdell emm Schlòòfzimmà. Wenn das Zeisch klään gemachd ess, kann mà das bessà runnàschaffe, als wenn die schberrische Dingà noch ganz senn."

„Im Schlafzimmer? Da machst du doch dort wieder alles voller Dreck und das heute Abend noch! Es ist doch schon viel zu spät?"

„Isch mache das heid noch. Isch will dòhvòr nedd mòrje schunn um siwwe uffschdehn misse. Unn am Änn kumme die eerschd um halb elf."

„Ich stelle mir den Wecker auf jeden Fall für halb acht. Und wenn die, wie letztes Mal, früher kommen als angekündigt, musst du raus. Ich gehe nicht an die Türe."

„Jòh, jòh, isch soll mòhl wìddà schnell ìnn die Hoos schbringe unn das ganze schlòòfdrunke abwìggele, damedd du disch ìnn der Zeit vàschdegge kannschd, weil de noch kànn Liedschdrisch uffgedrah haschd."

„Ja – so ist das eben! Die beiden Bettkästen kannst du ja schon mal in unser Gästezimmer schaffen. Wenn wir die vor zwei Wochen dem Sperrmüll mitgegeben hätten, dann wären die großen Kästen schon mal aus den Füßen. Aber nein, du hebst ja immer alles auf, weil du meinst, von dem Holz könntest du noch was verwenden. Als wenn wir nicht den ganzen Keller schon voll alter Bretter hätten. Verspreche, dass das Zeug nicht tagelang alle Zimmer blockiert."

Als de Kurt medd demm Weihnaachdsbäämsche uff dà Terrass ferdisch war, hadd'á Hammà, Zang, Schrauweziehjà, Sää unn Meißel geholl unn ess enn's Schlòòf-zimmà gang. 'S Hilde hodd das Beddzeisch schunn abgereimd gehadd. Die neije Madratze hann s'e vunn de Geschdelle runnà geholl unn hochkand vòr de Kläädà-schrank geschdelld.

„Nein, ich mache das an Ort und Stelle, im Schlafzimmer. Wenn das Zeug klein zerlegt ist, kann man das besser runterschaffen, als wenn die sperrigen Dinger noch ganz sind."

„Im Schlafzimmer!? Da machst du doch dort wieder alles voller Dreck und das heute Abend noch! Es ist doch schon viel zu spät!"

„Ich mache das heute noch. Ich will dazu nicht morgen schon um sieben aufstehen müssen. Und am Ende kommen die erst um halb elf."

„Ich stelle mir auf jeden Fall den Wecker für halb acht. Und wenn die, wie letztes Mal, früher kommen als angekündigt, musst du raus. Ich gehe nicht an die Türe."

„Ja, ja, ich soll mal wieder schnell in die Hose springen und das ganze schlaftrunken abwickeln, derweil du dich versteckst, weil du noch keinen Lidstrich aufgetragen hast."

„Ja – so ist das eben! Die beiden Bettkästen kannst du ja schon mal in unser Gästezimmer schaffen. Wenn wir die vor zwei Wochen dem Sperrmüll mitgegeben hätten, dann wären die großen Kästen schon mal aus den Füßen. Aber nein, du hebst ja immer alles auf, weil du meinst, von dem Holz könntest du noch was verwenden. Als wenn wir nicht den ganzen Keller schon voll alter Bretter hätten. Verspreche, dass das Zeug nicht tagelang alle Zimmer blockiert."

Als Kurt mit dem Weihnachts-Bäumchen auf der Terrasse fertig war, nahm er Hammer, Zange, Schraubenzieher, Säge und Meißel und begab sich in ihr Schlafzimmer.

Hilde hatte das Bettzeug schon abgeräumt.

Die neuen Matratzen hoben sie von den Gestellen ab und stellten sie hochkant vor den Kleiderschrank.

Aäs hodd de Kurt noch druff uffmergsam gemachd, dass die links am Schrank aanleihjende Madratz ihri wär.
Er fròhd: „Warum muss mà sich'n das merge? Ess das wischdisch?"
„Meinst du, ich wollte auf deiner Madratze schlafen?"
„Schdingkd meini villeischd? Wenn's so ess, dann kummschd du mir nìmmeh uff mei Madratz!"
Sie hodd kä Andwoàd gäbb.
Dann senn die neije Ladde-Rooschde an die Reih kumm. Die hann s'e abgereimd unn emm Flur hochkant an die Wand geschdelld.
Der Rooschd medd denne emm Kreizbereisch uff hard enngeschdellde Schiewe-Ladde wär ihrà, saad ääs. Dòhdruff sollde er besonnàschd uffbasse, weil sie jòh denne wehje ihre Kreizschmerze so enngeschdelld hädd.
An ihre alde Beddgeschdelle hodd de Kurt die angedübelde Fieß abgeschlaa.
Er wolld die Geschdellbräddà an denne gezabbde Leimschdell medd'em Määßel bzw. nur medd gräffdische Hammàschläsch ausenannàschlaan. Das hadd nedd sefòrd geklabbd. Es hodd awwà so e Krach gemachd, dass sei besorschd Fraa saad: „Hör auf, hör auf! Dazu ist es jetzt schon zu spät. Es ist schon bald zehn Uhr. Was sollen denn die Leute denken."
Er klärd's Hilde uff: „Bis zehn Uhà òhwends derf mà Krach mache. Solang gild de Aawedsdaach."
Weil das Zeisch awwà so schwää ausenannà gang ess, hadd er's an demm Òhwend dann doch uffgäbb. Er wolld denne Dingà medd dà Sää oddà'm Beil eerschd am nägschde Dach unne uff dà Terrass an de Graache gehn.
Gudd, es war aach Zeit, fà enn's bedd ze gehen.

Hilde machte Kurt darauf aufmerksam, dass die linke am Schrank anliegende Matratze die ihre sei.
Er fragte: „Warum muss man sich das merken, ist das wichtig?"
„Meinst du, ich wollte auf deiner Matratze schlafen?"
„Riecht meine etwa unangenehm? Wenn das so ist, dann kommst Du mir nicht mehr auf meine Matratze!"
Sie gab keine Antwort.
Dann kamen die neuen Lattenroste an die Reihe. Sie hatten sie abgeräumt und stellten sie im Flur hochkant an die Wand.

Der Rost mit den im Kreuzbereich auf hart eingestellten Schiebe-Latten wäre der ihre, hielt sie fest. Darauf sollte er besonders achten, weil sie den ja wegen ihrer Kreuzschmerzen so eingestellt hätte.
An ihren alten Bettgestellen schlug Kurt die angedübelten Füße ab. Er wollte die Gestellbretter an den gezapften Leimstellen mit einem Meißel bzw. nur mit kräftigen Hammerschlägen auseinanderbrechen.
Das gelang ihm nicht auf Anhieb. Es verursachte aber einen derartigen Lärm, dass seine besorgte Frau sagte: „ Hör auf, hör auf! Dazu ist es jetzt schon zu spät. Es ist schon bald zehn Uhr. Was sollen denn die Leute denken."
Kurt klärte Hilde auf: „Bis zweiundzwanzig Uhr darf man lärmen. Solang gilt der Arbeitstag."
Weil das Zeug nur schwer zu trennen war, gab er die Demontage an dem Abend dann doch auf.
Er beschloss den Dingen mit der Säge oder einem Beil erst am nächsten Tag unten auf der Terrasse zu Leibe zu rücken
Gut, es war auch Zeit, um ins Bett zu gehen.

„Oh – da liegt man ja doch bedeutend tiefer als in den vergangenen Wochen", *saad's Hilde.*
Also mussde an demm Òhmend zunäägschd nur mòhl die alde Dingà vunn dòrd wägg, wo das neije Geschdell hinn soll. Awwà wohinn jetzd medd denne alde Rahme?
Emm Flur war känn Dòrschkomme meh gewehn, weil die Rooschde jòh schunn dort geschdann hodde. ìnn das Gäschdezìmmà ess nix meh rìnn gang, wehje denne dòrd abgeschdellde Beddkäschde.

De Kurt hodd die Idee, die Beddgeschdelle ìnn die klään Kammà, wo die Koffàre unn die Windàsache drìnn ware, ze schiewe.
Jetzd hann die zwä Madratze vòr demm Kläädàschrank awwà geschdeerd. Die hann de Wähj zu der Kammà vàschberrd. Also hann s'e die zwä Madratze ìnn denne Flur gequäddschd, wo die Rooschde schunn geschdann hann. Dann hann s'e die Beddgeschdelle diagonal dòrsch die Kammàdijà uff die Koffà vàfrachd.
Zwischedòrsch hodd emm Kurt sei „Butzfraa" ìmmà mòhl wìddà Schdaab gesauchd. „Was e Quatsch", saad er, „mach das am Schluss, dòh kummd jòh noch neijà Drägg dezu."
'S Hilde saad: „Nein, du schleppst sonst den Dreck im ganzen Stockwerk herum."
Die zwä Madratze zerrde s'e wìddà aus'em Flur e'raus, weil s'e dòhdruff jòh schlòòfe wollde.
Solang hann s'e s'e nommòh vòr de Kläädàschrank schdelle misse.
Zum läddschde mòhl ess der Laminat-Boddem gereinischd wòr. Endlisch konnde s'e die ganz neije Matratzen uff e sauwàrà Boddem lehje. Emm Kurt sei Madratz ze'eerschd. Dann ihri.

„Oh – da liegt man ja doch bedeutend tiefer als in den vergangenen Wochen", sagte Hilde.
Also mussten an dem Abend zunächst nur mal die alten Dinger von dort weg, wo das neue Gestell hinsollte.
Aber wohin jetzt mit den alten Rahmen? Im Flur wäre kein Durchkommen mehr gewesen, weil die Roste ja schon dort standen.
In das Gästezimmer ging nichts mehr hinein, wegen der dort abgestellten Bettkästen.
Er hatte die Idee, die Bettgestelle in die kleine Kammer, in der die Koffer und die Wintersachen waren, zu verschieben.
Jetzt störten die zwei Matratzen vor dem Kleiderschrank aber. Sie versperrten den Weg zu der Kammer. Also quetschten sie die beiden Matratzen in den Flur, in dem die Roste schon standen. Dann verfrachteten sie die Bettgestelle diagonal durch die Kammertüre und verfrachteten sie auf die Koffer.

Zwischendurch hatte Kurts „Reinemachefrau" immer mal wieder Staub gesaugt.
„Quatsch", meinte er, „mach das am Schluss, da kommt ja noch neuer Dreck hinzu."
Sie entgegnete: „Nein, du schleppst sonst den Dreck im ganzen Stockwerk herum."
Die beiden Matratzen zerrten sie wieder aus dem Flur heraus weil sie darauf ja schlafen wollten.
Sie stellten sie solange nochmal vor den Kleiderschrank.
Zum letzten Mal wurde der Laminatboden gereinigt. Endlich konnten sie die noch neuen Matratzen auf einen sauberen Boden legen. Kurts Matratze zuerst. Dann die ihre.

De Kurt mennd: „Wääsch'e, mir leehje dei Madratz uff meini, dann leischde hehjà. Isch schlòòfe die Naachd emm Gäschdezìmmà. Das Bedd dòrd ess hehjà, unn das ess aach bessà fà mei Bään. Dòrd komme isch bessà aus'em Bedd, wenn isch mòhl muss. Isch hoffe nuà, dass isch emm Dunkele nedd ìnn die Beddkäschde falle oddà die Ladde-Rooschde emm Flur umreiße."
„Du kannst ja Licht im Flur machen. Musst nur die Schlafzimmertüre schließen, dann werde ich nicht wach."
Es war 11 Uhr òhwends. Alles war gerischd fà 'e läddschdi, hoffendlisch unallfreiji Naachd! Vòr'm Schlòòfe saad de Kurt noch: „Unn wenn die neije Ladde-Rooschde vunn Marta Wellenbach jetzd nedd uff das neije Beddgeschdell vunn Marta Dobbelfurt passe?"
Dòh saad's Hilde werdlisch: „Mal den Teufel nicht an die Wand. Dann spring ich aus der Hose!"
De Kurt setzd noch ännà druff: „Du wäschd, mir känne das Geschdell nedd zerigggänn. Das war schließlisch e Sondàbeschdellung "
19. Dezember, 7 Uhr 30. De Kurt hodd noch feschd geschlòòf, als sei Schatz zu ihm ìnn das Gäschdezìmmà gelaaf kumm ìss unn geruuf hadd: „Da hält ein LKW vorm Haus. Ich glaube, sie sind schon da. Ich mache nicht auf. Du musst an die Türe gehen."

De Kurt ess ìnn ihr Baadezìmmà gehäschd, das Fennschdà vunn der Dachgaub e Schbaldbrääd uffgemachd unn rausgeruuf: „Äänà Momend mòhl."
Dann hadd'à sisch Wasser enn's Gesischd geschmiss, ess ìnn sei Jeans e'rìnn, hodd das Owwàdääl vunn seim Schlòòfaanzuch ìnn die Hoos geschdobbd, unn medd demm kabuddne Knie eilisch die Drebbe e'runnà an die Hausdijà gehumbeld.

„Oh – da liegt man ja doch bedeutend tiefer als in den vergangenen Wochen", sagte Hilde.

„Weißt du, wir legen deine Matratze auf meine, dann liegst Du höher. Ich schlafe diese Nacht im Gästezimmer. Das Bett dort ist höher, und das ist auch besser für mein Bein. Dort komme ich besser aus dem Bett, wenn ich mal muss. Ich hoffe nur, dass ich im Dunkeln nicht in die Bettkästen falle oder die Lattenroste im Flur umreiße", meinte er.

Hilde empfahl: „Du kannst ja Licht im Flur machen. Musst nur die Schlafzimmertüre schließen, dann werde ich nicht wach."

Es war 11 Uhr abends. Alles war für die letzte, hoffentlich unfallfreie Nacht gerichtet!

Vor dem Schlafen sagte Kurt noch: „Und wenn die neuen Lattenroste von Marta Wellenbach jetzt nicht auf das neue Bettgestell von Marta Doppelfurt passen?"

Da sagte Hilde wörtlich: „Mal den Teufel nicht an die Wand. Dann spring ich aus der Hose!"

Kurt setzte noch einen drauf: „Du weißt ja, wir können das Gestell nicht zurückgeben. Das war schließlich eine Sonderbestellung."

19. Dezember, 7 Uhr 30. Kurt schlief noch fest, da kam sein Schatz zu ihm in das Gästezimmer gelaufen und rief: „Da hält ein LKW vorm Haus. Ich glaube, sie sind schon da. Ich mache nicht auf. Du musst an die Türe gehen."

Kurt hechtete ins Badezimmer, machte das Fenster der Dachgaube einen Spaltbreit auf und rief hinaus: „Ein Moment mal."

Dann warf er sich Wasser ins Gesicht, schlüpfte in seine Jeans, stopfte das Oberteil seines Schlafanzugs in die Hose und humpelte mit dem lädierten Knie eilig die Treppe hinunter zur Haustüre.

Denne Mann, wo dòrd medd e'me lange Pageed vòr dà Dijà geschdann hodd, hadd de Gert schunn gekannd. Der Kerl hodd aach die Madratze gebrung. De Kurt hodd'ne nedd medd e'me freindlische "Gemòrje" sonnann medd: "Es machd Eisch wohl Freid, die Leid aus'em Bedd ze schmeiße. Ihjà hann die Zeide, wo ihjà selwà aangäbb hodde schunn nommòh nedd enngehall."
Der Mann grummeld was vunn: " friehjà ferdisch" unn dann "Wo soll'n das hinn?" Kurt saad, dass alles ìnn die Diele gelehd werre soll, er wird das Beddgeschdell dann selwà zesammebaue.
Der Kerl zuggde vollà Zweifel die Schullàre unn machd's dann, so wie de Kurt 's wolld.
Dann hodd de Kurt demm die reschdlische femfhunnàd gäbb, die Lieferung quiddierd unn der Kerl ess medd'em leise "Tschüß" vàschwunn.
Ohne Dringkgeld! Weil er zu frieh komm ess. Weil er vòr der nochnedd uffgehobene Schberrschdunn vunn ihrem Schlòòfgemach kumm ess und deshalb das Bedd nedd – wie's emm Preis drìnn war – uffschlaan konnd. De Kurt hadd nämlisch jetzd die Aawed machen misse, die schunn meddbezahld war!
'S Hilde hodd aus'em Schlòòfzimmà nòh unne geruuf:: "Sind sie schon weg? Und wo ist das Bett?"
Er ruft hoch: "Die Dääle leihje dòh ìnn dà Diele.
Isch baue das Bedd nòhm Friehschdigg zesamme."
Sie hodd ìmmà noch känn Liedschdrisch uffgedrah, fròhd awwà Dròtzdemm: "Warum haben sie das Zeug nicht hochgetragen und zusammengebaut?"
Dòhdruff hodd de Kurt die Andwoàd vàweigàd. Er hodd jòh schunn e bisje Erfahrung emm Zusamme- unn Abbaue vunn Bedde unn Schränk Schließlisch hodde sie jòh zwä Döschdà, unn die senn – seid demm die flügge ware, schunn mehrmòhls umgezòh.

Den Mann, der dort mit einem langen Paket vor der Türe stand, kannte er. Dieser Kerl hatte auch die Matratzen geliefert.
Kurt begrüßte ihn nicht mit einem freundlichen „Guten Morgen", sondern mit: „Es macht Ihnen wohl Freude, die Leute aus dem Bett zu schmeißen. Sie haben die Zeiten, die sie angegeben haben, schon wieder nicht eingehalten."
Der Mann murmelte nur etwas von „… früher fertig" und dann „Wo soll das hin?" Kurt sagte, dass alles in die Diele gelegt werden sollte, er wolle das Bettgestell dann selber zusammenbauen.
Der Kerl zuckte voller Skepsis die Schultern und tat, wie Kurt es wünschte.
Dann gab Kurt ihm die restlichen fünfhundert Euro, bestätigte die Lieferung und der Kerl verschwand mit einem leisen „Tschüß". Ohne Trinkgeld! Weil er zu früh kam.
Weil er während der noch nicht aufgehobenen Sperrstunde ihres Schlafgemachs kam und deshalb das Bett nicht – wie's im Preis enthalten war – aufschlagen konnte. Kurt musste nun die Arbeit machen die schon bezahlt war!
Hilde rief aus dem Schlafzimmer nach unten: „Sind sie schon weg? Und wo ist das Bett?"
Er antwortete: „Die Teile liegen hier in der Diele. Ich baue das Bett nach dem Frühstück zusammen."
Sie hatte immer noch keinen Lidstrich aufgetragen, fragte aber erstaunlicherweise: „Warum haben die das Zeug nicht hochgetragen und zusammengebaut?"
Darauf verweigerte Kurt die Antwort. Er hatte ja schon einige Erfahrung im Zusammen- und Abbauen von Betten und Schränken. Schließlich hatten sie zwei Töchter, und die waren, seit dem sie flügge waren, schon mehrmals umgezogen.

Also hodd'à das Zesammebaue vunn demm Beddgeschdell broblemlos hinngridd. Nur, nòhdemm se die Madratze e paar mòhl vàschoob hodde, konnd's Hilde nimmeh feschdschdelle, welschi Madratz seini war!
Das wär e unvàzeilischà – vumm Kurt vàursachdà – Labsus gewehn – behaubd's 's Hilde.
Gudd, aussà demm Labsus senn ihne beim Rinnlehje vunn demm Ladde-Rooschd unn demm Ufflehje der Madratze noch e paar annàre Niggelischkääde bassierd. Genau die selwe wie s'e vòrhàà beim Umschdelle unn beim Hinn- unn Härschiewe schunn bassierd senn. Kratzà, Schramme unn sowas. Awwà gehje Mìddaach hadd alles geschdann. Bedd unn Beddaanbaude. Sogar das Naachddischsche, das eischendlisch nìmmeh zwische'm Kurt sei Bedd unn die Gäwwelwand basse solld, hodd de Kurt noch millimedà genau dezwischegidd!

Dòh ess'em Kurt awwà es Zweifele kumm: „Solld isch misch zuvor irschendwann e'mòhl vàmess hann?"
Ohne demm Zweifel lang nòhzehänge, saad er freidisch: „Na prima, bis dòhdruff, dass mir e kombledd neijes Dobbelbedd hann, ess jòh alles wie friehjà.
Jetzd brauchschde garkänn neij Kommod!".
Dròtzisch saad' lieb Hildsche: „Und wenn du dich auf den Kopf stellst, ich bekomme auf jeden Fall eine!"

Morjens, als sie endlisch die eerschd Naachd ìnn ihre neije Bedde geschlòòfd hodde, fròhd de Kurt 's Hilde: „Unn wie hasch'e geschlòòf?", dòh war sei Fraa schunn e Schridd weidà unn saad: „'S geht so. Aber die Fliesen im Badezimmer kann ich nicht mehr sehen!"

Also bekam er den Bettgestell-Zusammenbau schon problemlos hin. Nur, nachdem sie die Matratzen ein paar Mal verschoben hatten, konnte Hilde nicht mehr feststellen, welche Matratze die ihre war. Das wäre ein unverzeihlicher – von Kurt verursachter Lapsus – gewesen, behauptete Hilde.

Gut, außer diesem Lapsus kam es beim Lattenrosteinlegen und Matratzen-Auflegen noch zu ein paar Nickeligkeiten. Genau die gleichen wie sie zuvor schon während der einzelnen Etappen des Umstellens und Hin- und Herschiebens geschehen waren. Kratzer, Schrammen und dergleichen.
Dennoch, gegen Mittag stand alles. Bett und Bett-Anbauten. Sogar das Nachttischchen, das eigentlich nicht mehr zwischen Kurts Bett und die Giebelwand passen sollte, hatte Kurt noch auf den Millimeter genau dazwischengestellt!
Da begann Kurt an sich zu zweifeln: „Sollte ich mich zuvor irgendwann doch einmal vermessen haben?"

Ohne dem Zweifel lange nachzuhängen, sagte er erfreut: „Na prima, bis auf die Tatsache, dass wir ein komplett neues Doppelbett haben, ist ja alles wie früher. Jetzt brauchst du gar keine Kommode mehr!"
Trotzig sagte seine liebe Hilde: „Und wenn du dich auf den Kopf stellst, ich bekomme auf jeden Fall eine!"
Morgens, als sie endlich die erste Nacht in ihren neuen Betten geschlafen hatten, fragte Kurt die Hilde: „Und wie hast du geschlafen?", da war seine Frau schon einen Schritt weiter und antwortete: „'S geht so. Aber die Fliesen im Badezimmer kann ich nicht mehr sehen!"

Iwwrischens: Drei Woche nòh ihrà eerschd Naachd inn denne neije Dobbelbedde, mennd's Hilde morjens beim Friehschdiggskuss: „Wenn du dich in deinem neuen Bett umdrehst, dann überträgt sich immer eine Erschütterung auf meine Doppelbetthälfte. Meine Matratze vibriert dann so stark, dass ich davon wach werde! Wir hätten doch besser nochmal Einzelbetten gekauft. Die bewegen sich unabhängig voneinander."
Dòhdruff saad de Kurt nur: „Nà dann – genaachd!"

Abschdòrz

Es war e Daach vòr Silwäschdà, morjens um verrdel vòr Nein. De Kurt hodd schunn geduschd unn ess dann aus'em Bad nommòh inn ihr Schlòòfzimmà gang. Er holld sich aus'em Naachdschränksche e Paar Sogge e'raus unn gehd dann vòr's Fußänn vunn seim Bedd. Weil'à die Sogge aanzeziehje wolld, hadd'à sisch am Beddänn uff die medd demm neije Ladde-Rooschd hochgeschelld Madratze gesetzd.

Es hadd e Knall gäbb, unn er setzd zwansisch Zendimedà diefà! Als'à sisch nòh demm Schogg widdà gefang hodd, saad'à: „Ei dòh muss isch misch jetzd inn dà Silweschdànaachd zu dir inn's Bedd leehje. An meim ess nixmeh ze mache."

„Du! – Besoffen in mein Bedd? Nie! Du hast ja Erfahrung mit Schlafen auf dem Boden! Dort kannst du hin."

„So, so! – Wollschd du nedd e neij Kommod ?"

'S Hilde hodd 'ne dann doch rinn gelossd. Am 1. Januar unnàsuchd de Kurt denne Schaade unn fluchd: „Vàdammd, was e Knaub!"

'S Hilde saad: „Du bist zu schwer – musst abspecken!

Übrigens: Drei Wochen nach ihrer ersten Nacht in den neuen Doppelbetten, meinte Hilde morgens beim Frühstückskuss: „Wenn du dich in deinem neuen Bett umdrehst, dann überträgt sich immer eine Erschütterung auf meine Doppelbetthälfte.
Meine Matratze vibriert dann so stark, dass ich davon wach werde!
Wir hätten doch besser nochmal Einzelbetten gekauft. Die bewegen sich unabhängig voneinander."
Darauf sagte Kurt nur: „Na dann – gute Nacht!"

Absturz

Es war ein Tag vor Silvester, morgens um viertel vor neun. Kurt hatte sich schon geduscht und ging aus dem Bad und nochmal zurück in ihr Schlafzimmer. Er holte sich aus dem Nachtschränkchen ein Paar Socken heraus und ging vor das Fußende seines Bettes.
Um die Socken anzuziehen setzte er sich am Bettende auf die mit dem neuen Lattenrost hochgestellte Matratze.
Es gab einen Knall und er saß zwanzig Zentimeter tiefer! Als er sich von dem Schock erholt hatte, sagte er: „Nun, da muss ich mich wohl in der Silvesternacht zu dir ins Bett legen. An meinem ist nichts mehr zu reparieren."
„Du! – Besoffen in mein Bett? Nie! Du hast ja Erfahrung mit Schlafen auf dem Boden! Dort kannst du hin."
„So, so! – Wolltest du nicht eine neue Kommode ?"
Hilde war dann doch gnädig.
Am Ersten Januar untersuchte Kurt den Schaden und fluchte: „Verdammt, was eine unprofessionelle Arbeit!"
Hilde sagte: „Du bist zu schwer – musst abspecken!"

Das ganz Dilemma hadd doch nedd an sei'm Gewischd geläh! Ihr Kreizschmerze hann doch alles enn's rolle gebrung! 'S Hilde saad, sie missde denne Beddbruch zefòrd bei dà Mutschlàsch reglamiere. De Kurt soll denne Schade vunn alle Seide fòdografiere. Sie wird zu der fahre unn die Bildà als Beweise meddnemme. De Kurt holld sei Digidalkamara, leed sisch vòr unn unnà das Bedd, fodografierd vunn owwe unn alle Seide. Dann druggd er die Bildà am Computer-Druggà uff DIN A 4 aus unn hadd's'em Hilde gäbb.
Ääs ess ab nòh Wellenbach zur Mutschlàsch gefahr. Die saad ihr, dass sie nedd zuschdännisch wär. 'S Hilde soll bei die Frau Büchel ìnn dà Möbel-Marta-*Reglamadionsabdälung* ìnn Beckenbächel *gehn. Medd Bildà unn'rà teschnisch Schadens-Beschreiwung vumm Kurt, hadd's Hilde dann an die e Mail geschrieb:*

(übersetzt in Saarländisch)
Gunn Dach, Frau Büchel.
Ihr Adresse hann isch vunn dà Filiale vunn Meewel Marta ìnn Wellenbach gridd. Dord hodd isch emm Ogdowà läddschd Jòhr, unnà der Uffdrachsnummà 12345678, zwä Madratze emm Set medd Muldi-Elasdo-Ladde-Rooschd 100x200 cm gekaafd. Das Ganze ess am 19. Dezembà an mei Adress ìnn Gindàsdal, Nelgeschdròòß 76, geliwwàd wòr.
Am 30. Dezembà hadd sisch mei Mann (93 Kg) uff das e bisje hochgeschdellde Fußänn vunn demm Muldi-Elasdo-Ladde-Rooschd gesetzd. Dòhbei ess der Querdräjà vumm Rooschd-Rahme aus de zwä Schraubdiwel, medd denne der Dräschà an demm reschde Rahmeholz aangebrung war, ausgebroch. Uff dà ìnn dà Anlaach meddgeliwwàde Foddos känne S'e siehn, wie der Querdräjà uffgeblatzd ess.

Das ganze Dilemma lag doch nicht an seinem Gewicht! Ihre Kreuzschmerzen hatten doch alles ins Rollen gebracht! Hilde sagte, dass sie das sofort bei Frau Mutschler reklamieren wolle. Kurt solle den Schaden von allen Seiten fotografieren. Sie würde die Bilder als Beweise mitnehmen. Er nahm seine Digitalkamera, legte sich vor und unter das Bett und fotografierte – auch von oben. Dann druckte er die Bilder am Computer-Drucker auf DIN A 4 aus und gab sie ihr.

Hilde fuhr nach Wellenbach zu Frau Mutschler und die teilte ihr mit, dass sie nicht zuständig sei. Hilde sollte sich an eine Frau Büchel in der Möbel-Marta-Reklamationsabteilung in Becken-bächel wenden.
Mit Bildern und einer technischen Schadensbeschreibung von Kurt, schrieb Hilde dann folgende Mail:

Guten Tag, Frau Büchel.
Ihre Adresse wurde mir in der Filiale von Möbel Marta in Wellenbach genannt. Dort hatte ich im Oktober letzten Jahres, unter der Auftrags-Nummer 12345678, zwei Matratzen im Set mit Multi-Elasto-Lattenrost 100x200 cm gekauft. Das Ganze wurde am 19. Dezember an meine Adresse in Güntersthal, Nelkenstraße 76, geliefert.
Am 30. Dezember hat sich mein Mann (93 Kg) auf das etwas hochgestellte Fußende des Multi-Elasto-Lattenrostes gesetzt. Dabei ist der Querträger des Rost-Rahmens aus den beiden Schraubdübeln, mit denen der Träger an dem rechten Rahmenholz angedübelt war, ausgebrochen.
Auf den in der Anlage beigefügten Fotos können Sie erkennen, wie der Querträger sich aufgespalten hat.

Das Schischdholz vunn dà Ladde ess an der Bruchschdell ausenannà gang. Isch fihre das uff e Kon-schdrugdionsfählà zerigg, weil die Diwelbohrunge enn's Hirnholz vumm demm vill ze dinne Schischdholz gemachd wòr ess.
Weil isch beim Ennkaaf vunn'em Qualidäds-Ladde-Rooschd devunn ausgang benn, dass mei noch normalgewischdischà Mann sisch aach mòhl uff de Bisje hochgeschdellde Dääl vunn e'me vàschdellbare Madratze-Unnàbaus setze kann, erlaab isch mir e Reglamadion vòrzebringe unn kòschdeloosà Ersatz fà denne kabuddne Muldi-Elasdo-Ladde-Rooschd ze vàlange. Wenn Sie noch Riggschbròòch medd mir halle wolle, kànne Sie das gäre unnà Telefonnummà: ....*), mache.
Medd freindlische Grieß

Bemerkung:

Der Reklamations-Lattenrost wurde noch am 26. Januar des folgenden Jahres geliefert.
Bis dahin rutschte Kurt – wegen des abgesackten Rostes – nachts immer mit den Füßen nach links aus dem Bett.

Das Schichtholz der Latte ist an der Bruchstelle aufgeklappt. Ich führe das auf einen Konstruktionsfehler zurück, der auf die Dübelbohrungen in das Hirnholz des relativ dünn dimensionierten Schichtholzes zurückzuführen ist.
Da ich beim Einkauf eines Qualitäts-Lattenrostes davon ausgegangen bin, dass mein noch normalgewichtiger Mann sich auch mal auf den
etwas hochgestellten Teil eines verstellbaren.
Matratzenunterbaues setzen kann, erlaube ich mir eine Reklamation geltend zu machen und kostenlosen Ersatz für den defekten Multi-Elast-Lattenrost zu fordern. Falls Sie noch Rücksprache mit mir nehmen wollen, können Sie das gerne unter Telefonnummer: ....*), tun.

Mit freundlichen Grüßen

5. Schamaikalyonà

Ann Neijohr ess em Kurt sei Brudà Rolf vòrbei komm. Denne hodd de Kurt lang nìmmeh gesiehn. Der Kerl ess jòh schdännisch uff Achse. Als Forschà fliehd der ìnn dà ganz Weld 'e'rum. De Kurt fròhd de Rolf was er grad so dreiwe dääd. Dòh vàzeehld de Rolf ihm, dass er ìnn Schamaika emm Urwald an Krebse forsche dääd, die uff dà Bääm lääwe.
De Kurt saad: „Krebse uff dà Bääm? Geh mà fòrd, das gäbbd's doch nedd."
„Ei dann kommsch'de mòhl ìnn Schamaika vòrbei, dann zeih isch dir das,"
„Gudd, wenn mei Fraa mà freigäbbd, komm isch gäre fà e paa Daach riwwà."
'S Hilde hodd nix degehje, saad awwà. „Wenn was mit den neuen Betten passiert, kommst du sofort zurück!"
De Kurt hadd das feijàlisch vàschbroch unn ess sisch gleich e Tigged fà Schamaika kaafe gang. Er wolld nuà e kläänà Koffà meddnemme. Emm Urwald brauchd mà jòh nedd vill Kläädà, dengkd er sisch noch. E bequweemes Handgepägg-Ruggsäggelsche hodd er jòh noch. Das soll'd ihm reische. Soweid war also alles klar, awwà äbbes hodd'em känn Ruh gelossd: „Dòh fliehsch'e jetzd dòrd hinn, unn wääschd garnedd was'es dòrd ze esse gäbbd. Am bäschde hollsch'e e Ringel Lyonà medd, dann bisch'de fà alles gerischd. Aussàdemm, wenn isch vunn de hemm e Ringel Lyonà debei hann, schbringd mei Brudà Rolf vòr Freid grad aus dà Bux.
'S Hilde hodde noch e enngschwäßdà Ringel fà ìnn die Subb ze mache de hemm gehadd. Er wolld awwà e frischà aus dà Metz hann. Also saad'à zum' Hilde: „Kaaf mà e frischà Ringel Lyonà."

Jamaikafleischwurst

An Neujahr kam Kurts Bruder Rolf zu Besuch.
Den hatte Kurt lange nichtmehr gesehen. Rolf war ja ständig unterwegs. Als Forscher fliegt er in der ganzen Welt herum. Kurt fragte Rolf womit er sich zur Zeit beschäftigt. Da erzählte Rolf ihm, dass er im Urwald von Jamaika an Krebsen forsche, die auf Bäumen lebten. Kurt sagte zu Rolf: „Krebse auf Bäumen? Hör auf, das gibt es doch nicht."
„Nun, dann kommst du mal in Jamaika vorbei, dann zeige ich dir das", antwortete Rolf.
Kurt meinte: „Gut, wenn meine Frau mir freigibt, komme ich gerne für ein paar Tage zu dir."
Hilde hatte nichts dagegen, sagte aber: „Wenn etwas mit den Betten passiert, kommst du aber sofort zurück!"
Kurt gelobte das feierlich und kaufte sich ein Ticket für Jamaika.
Kurt wollte nur einen kleinen Koffer mitnehmen. Im Urwald braucht man ja nicht so viele Kleider, dachte er. Ein bequemes Handgepäck-Rucksäckchen hatte er ja auch noch. Das sollte ausreichen. Soweit war dann alles klar, doch etwas ließ ihm keine Ruhe: „Da fliegst du jetzt dorthin und weißt gar nicht, was es dort zu essen gibt. Am besten nehme ich einen Ringel *Lyoner* mit, dann bin ich gut gerüstet. Außerdem, wenn ich von zu Hause einen Ringel Lyoner mitbringe, springt mein Bruder Rolf vor Freude gerade aus der Hose."
Hilde hatte noch einen eingeschweißten Ringel zu Hause, den sie in die Suppe würfeln wollte. Er wollte aber einen frischen aus der Metzgerei haben. Also sagte Kurt zu Hilde: „Kauf mir einen frischen Ringel Fleischwurst."

„Wie schaffe isch jetzt awwà denne Lyonà ohne Magge nòh Schamaika? Emm Koffà? Wo mei ganze Kläädà drenn senn? Oddà soll isch 'ne emm Handgepägg meddnemme? Käänesfalls derf der Wòrschd m'em Koffà emm Frachtraum lande, wo's am Änn noch Radde gäbbd! Unn wo's villeischd schdiggisch unn heiß ìss!", iwwàleed er.
„Der Wòrschd derf aach nedd enn's Schwitzte kumme, sunschd kommd'a noch schimmelisch ìnn Schamaika aan. Unn der Wòrschd derf aach nedd medd'em Koffà vumm e Transbord-Karre runnàfalle. Am Änn dääd der Koffà noch uff gehn, unn isch wää nedd debei! Wenn die Frachdarbeidà denne Wòrschd finne dääde – die sich doch die Fingàre lägge. Lyonà aus Saarbrigge! Nää, nää, isch mache'ne liewà ìnn's Handgepägg, damedd isch 'ne unnà Kondroll hann.. Unn gehje vòrzeidisches Schwitze werr isch 'ne dann noch schoggefriehre, unn käldeschbeischànd vàpagge! Die ideal Vàpaggung dòhvòr ess e Schdyropòà-Käschdsche.", ware sei Gedangke. Also mussd ääns hää.

„Wie schaffe ich jetzt aber die Lyoner ohne Beschädigungen nach Jamaika? Im Koffer? In dem alle meine Kleider sind? Oder sollte ich sie im Handgepäck mitnehmen? Keinesfalls darf die Wurst mit dem Koffer im Frachtraum landen, wo es am Ende noch Ratten gibt! Und wo es vielleicht stickig und heiß ist!" überlegte er.
„Die Wurst darf auch nicht ins Schwitzen kommen, sonst kommt sie noch schimmelig in Jamaika an. Und sie darf auch nicht mit dem Koffer von einem Transport-Karren hinunterfallen. Am Ende geht der Koffer noch auf und ich bin nicht dabei! Wenn die Frachtarbeiter die Wurst finden, werden sie sich die Finger danach lecken. Lyoner aus dem Saarland! Nein, nein, ich verstaue die Wurst lieber im Handgepäck, damit ich sie unter Kontrolle habe. Und gegen vorzeitiges Schwitzen werde ich sie schockgefrieren und dann kältespeichernd verpacken! Die ideale Verpackung hierzu wäre ein Styropor-Kästchen.", dachte er. Also musste ein solches her.

Ìnn seinà Karaasch hodd er noch e paar Schdyroporbladde vumm Hausbau rumleihje gehadd. Die Bladde ware drei Zendimedà digg. Zwä uffenannàgelehd, dann senn's sechs. Der Lyonà war dreiehalb Zendimedà digg. Wenn'à de Lyonà zwische zwä Bladde leehd, hädd der uff jedà Seid noch zwelfehalb Millimedà Iwwàdäggung gehadd. Das solld reische. Awwà nur, wenn'à genau ìnn dà Midde zwische de Bladde leihje dudd!

De Kurt hadd de Lyonà enngefròhr. Als'à er denne gefròhrne Lyonà aus'em Kiehlschrank holle wolld, weil er 'ne als Muschdà fà die passende Hohlreim ìnn's Schdyropòà ze schneide gebraucht hadd – saad's Hilde: „Wenn du die Wurst rausnimmst, unterbrichst du den Gefriàbrozess. Und wenn sie auftaut, darfst du sie nicht mehr einfrieren. Wegen der Salmonellen. Ich kann dann aber deine aufgetaute Wurst für die Suppe heute Mittag nehmen, und du nimmst die eingeschweißte Wurst für Jamaika." Das hädd der so gefall. Denne Wòrschd, der wo vòr Schamaika war, ìnn die Subb mache!

„Nix dòh der fà Schamaika bleibt emm Kiehlschrank. Der enngeschwäßde kommt ìnn die Subb. Vòrhär kann isch denne Subbewòrschd awwà noch als Modell-wòrschd gebrauche", endschied de Kurt die Sach.

Inschenjörsuffgab

Aus demm drei Zendimedà digge Schdyropòà hadd er zwä Bladde vunn 28 mòhl 23 Zendimedà geschnidd. hadd denne enngeschwäßde Lyonà ausgepaggd unn ìnn e owwàri unn e unnàri Hälfd dà Läng nòh flach dòrschgeschnidd. Schunn hadd er sei Modelle fà die Hohlreim emm Däggel unn emm Boddem vunn dem Käschdsche gehadd.

In seiner Garage hatte er noch ein paar Styropor-platten vom Hausbau herumliegen. Die Platten waren drei Zentimeter dick. Zwei aufeinandergelegt, dann sind es sechs. Die Lyoner war dreieinhalb Zentimeter dick. Wenn er die Lyoner zwischen zwei Platten legte, hätte sie auf jeder Seite noch zwölf-einhalb Millimeter Überdeckung. Das sollte aus-reichen. Aber dann musste sie auch genau in der Mitte zwischen den Platten liegen!
So machte es Kurt auch.
Dann wollte er die gefrorene Lyoner aus dem Kühlschrank nehmen, weil er sie als Muster brauchte um die passenden Hohlräume in das Styro-por zu schneiden. Da sagte seine Hilde: „Wenn du die Wurst rausnimmst, unterbrichst du den Gefrier-Prozess. Und wenn sie auftaut, darfst du sie nicht mehr einfrieren. Wegen der Salmonellen. Ich kann dann aber heute Mittag deine aufgetaute Wurst für die Suppe nehmen, und du nimmst die einge-schweißte Wurst für Jamaika."
Das hätte ihr so gefallen. Die Wurst, die für Jamaika gedacht war, in die Suppe würfeln!
„Nichts da! Die Wurst für Jamaika bleibt im Kühl-Schrank. Die eingeschweißte kommt in die Suppe. Zuvor kann ich die Suppenwurst aber noch als Modell-Wurst gebrauchen", entschied Kurt die Sache.

Ingenieursaufgabe
Aus dem drei Zentimeter dicken Styropor schnitt er zwei Platten von 28 mal 23 Zentimeter, packte die eingeschweißte Lyoner aus und schnitt sie in eine obere und in eine untere Hälfte der Länge nach flach durch.
Schon hatte er seine Modelle für die Hohlräume im Kastendeckel und -Boden.

Jetzt hadd er nuà das Schdyropòà e halwà Wòrschd-Dòrschmessà dief so auskratze misse, dass die dòrschgeschniddene Hälfde aach genau e'rìnn gebassd hann. Denòh wolld er die Modell-Wòrschdhälfde uff die Schdyropoàbladde lehje fà die Umrisse nòh ze mòhle. Um awwà die Hohlreim emm Däggel vòrzemòhle, hodd'à die Schniddfläsche der Wòrschdhälfde so ufflehje misse, dass es die war, die fà das Loch emm Kaschdebòddem vòrgesiehn war. Medd der Hälfd die fòr de owwàre Hohlraum vòrgesiehn war, war's umgekehrd ze mache. Sunschd wäre nòhhär – beim Rìnnlehje – die Seide vunn denne Schnidd-Hälfde schbiechelbildlisch vàdauschd gewehn. Mà konnd nämlisch nedd hunnàd brozendisch devunn ausgehn, dass der Ringel iwwà die middlàre Längs-Achse, das heischd, die Ebene wo zwische denne beide Wòrschdännà middisch dòrsch gang ess, symedrisch war. „Oh Godd, das ess jòh e rischdischi Inschenjörsuffgab!", hadd de Kurt geschdehnd. Dann iss'es ans Ausgratze gang. Das Schdyropòàzeisch lossd sisch jòh gudd, Grimmel fà Grimmel, rausschaawe. De Kurt wolld das emm Kellà mache, wo sei Werkraum ess. Der war aach geheizt, weil sei Fraa dort ìmmà ihjà Wäsch droggeld. ìnn dà Wäschkisch wär's ihm vill ze kald gewehn.

De Kurt hodd schunn e bisje Schdyropòà ausgegratzd, ess'es Hilde medd'em Korb voll Wäsch kumm unn wolld se uffhänge. Das hadd die Grimmele gesiehn, unn schunn ess'es ìnn die Hee gang: „Bist du denn jetzt ganz verrückt? Schau mal wie es hier aussieht! Alles voller weißer Krümel. Ich muss doch hier Wäsche aufhängen. Draußen kann ich heute keine Wäsche aufhängen. Heute ist Christi Himmelfahrt. Und aussàdemm nieselt es. Jetzt machst du sofort alles sauber und verschwindest hier."

Jetzt hatte er nur noch das Styropor einen halben Wurstdurchmesser tief so auszukratzen, dass die beiden Hälften der durchgeschnittenen Wurst genau hineinpassten.

Danach wollte er die Modell-Wursthälften auf die Styropor-Platten legen und deren Umrisse nachzeichnen. Um z.B. die Hohlräume im Deckel vorzuzeichnen, musste er die Schnittfläche der Wursthälfte auflegen, die für das Loch im Kastenboden vorgesehen war. Mit der Hälfte, die für den oberen Hohlraum vorgesehen war, war es umgekehrt zu machen. Sonst wären nachher – beim Hineinlegen – die Seiten der Schnitt-Hälften spiegelbildlich vertauscht gewesen. Man konnte nämlich nicht hundertprozentig davon ausgehen, dass der Ringel über die mittlere Längsachse, das heißt: die Linie, die zwischen den beiden Wurstenden durchging, symmetrisch war.

„Oh Gott, das ist ja eine wahre Ingenieursaufgabe!", stöhnte Kurt. Dann ging es an das Auskratzen.

Das Styroporzeug lässt sich ja gut, Krümel für Krümel, herausarbeiten. Kurt wollte das in seinem Werkraum im Keller machen. Der war auch geheizt, weil seine Frau dort immer ihre Wäsche trocknete. In ihrer Waschküche wäre es ihm viel zu kalt gewesen.

Kurt hatte schon ein wenig Styropor ausgekratzt, als Hilde mit einem Korb voller Wäsche kam, die sie aufhängen wollte.

Sie sah die Krümel, und schon ging's los: „Bist du denn jetzt ganz verrückt? Schau mal wie es hier aussieht! Alles voller weißer Krümel. Ich muss doch hier Wäsche aufhängen. Draußen kann ich heute keine Wäsche aufhängen. Heute ist Christi Himmelfahrt. Und außerdem nieselt es. Jetzt machst du sofort alles sauber und verschwindest hier."

„Ja wo soll isch dann hinn gehn?", wolld er wisse.
Ihr Andwoàd war: „Ist mir doch egal. So etwas macht man jedenfalls nicht im Haus."
Was solld'n er dòhdruff mache? „Nicht im Haus" *hiesch: Er muss raus ìnn de Gaade gehen!*
Ze eerschd muschd de Kurt awwà sei Werkraum noch sauwà mache.
Wer äänmòh Schdyropor-Flogge hadd misse uffkehre, der wääß, dass mà dòhdraan vàzweifele kann. Bei jedà Bewehschung wo mà machd, fliehe die Dingà jòh hoch. Oddà sie bleiwe an dà Handbärschd hänge.
Uff die Dräggschibb hodd er die aach nedd grìdd. Unn iwwàall, wo s'e hinn gewirbeld senn, senn s'e – als wenn s'e mangneedisch gewehn wäre – babbe geblieb. Leidà aach an denne Wäscheschdiggà, die sei Fraa schunn uffgehòngk hodd.
„Jetzt hör sofort damit auf. Mach das bitte mit dem Staubsauger", *kam ihjà Befehl.*
De Kurt hadd de Schdaabsauchà geholl, unn dòhdemedd ess'es dann einischàmaße gang. Nuà war der wie's Gewiddà voll. Dòh saad seins: „Den machst DU jetzt nicht auf! Bei dir fliegt garantiert alles wieder raus. Ich mache das jetzt selber. Und jetzt geh weg."
Das war ihm grad Reschd.
Er schnabbd sei Schdyropoàbladde, sei Lyonàhälfde, e Raschbel unn sei Messà unn ess raus, ab ìnn de Gaade. Unn weil's gniesseld hodd unn e bisje kiehl war, hadd de Kurt sisch denne alde Parka aangezòh, der jòh ìmmà ìnn dà Wäschkisch gehängd hodd.
Emm Gaade ware zwar schunn vill Blume raus, awwà fà Vaddàdaach war's ziemlisch raulisches Weddà. Das hadd de Kurt awwà nedd vunn seinà Aawed abghall.
Er hadd aangefang sei Schdyropòà-Lyonà-Etui, wie's vòrgesiehn war, Grimmel fà Grimmel auszegratze.

„Ja wo soll ich denn hingehen?", wollte er wissen.
Ihre Antwort war: „Ist mir doch egal. So etwas macht man jedenfalls nicht im Haus."
Was sollte er denn jetzt machen? „Nicht im Haus" hieß: Er musste raus in den Garten gehen!
Zuerst sollte Kurt aber ihren Trockenraum noch sauber machen.
Wer einmal Styropor-Flocken aufkehren musste, der weiß, dass man daran verzweifeln kann.
Bei jeder Bewegung die man macht, fliegt das Zeug hoch, oder die Krümel bleiben an der Handbürste hängen. Auf die Schaufel wollten sie auch nicht. Und überall, wo sie hinwirbelten, blieben sie – als wären sie magnetisch – kleben. Leider auch an den Wäschestücken, die Kurts Frau schon aufgehängt hatte.
„Jetzt hör sofort damit auf. Mach das bitte mit dem Staubsauger", kam Hildes Befehl.

Kurt nahm den Staubsauger, und damit ging es dann einigermaßen. Nur – der war im Handumdrehen voll. Da sagte sie: „Den machst DU jetzt nicht auf! Bei dir fliegt garantiert alles wieder raus. Ich mache das jetzt selber. Und jetzt geh weg."

Das kam ihm gerade recht. Er nahm seine Styropor-Platten, seine Lyonerhälften, eine Raspel sowie ein Messer und ging in den Garten hinaus. Und weil es genieselt hatte und es ziemlich kühl war, hatte Kurt den alten Parka angezogen, der ja immer im Keller hing.
Im Garten waren zwar schon viele Blumen raus, aber für einen „Vatertag" war das Wetter ziemlich widrig. Das hielt Kurt aber nicht von seiner Arbeit ab. Er fing an sein Lyoner-Styropor-Etui – wie es geplant war – Krümel für Krümel auszukratzen.

Die Vaddàre, die uff dà Schdròòß vòrbei gezòh senn, fà ze Feijàre, senn enn's Zweifele komm, als die gesiehn hann, dass emm Kurt seim Gaade weiße Flogge uff dà Schlisselbliehmschà leihje. Die hann beschdimmd gemennd de Windà wär zerigg kumm. Jedefalls hodd de Kurt das Käschdsche ferdisch gridd, Wie's em Gaade ausgesiehn hodd war'em egal.

Kòrz vòr dà Abreise hadd er dann denne diefgekiehlde Ringel aus'em Kiehlschrank geholl unn'ne passgenau inn das Dransbordkäschdsche gelehd. Um denne Käldevàluschd noch meh ennzegrenze, hadd'à noch zwä Laache Alufolie um das Etui drumgewiggeld. Dann hadd'à noch vieà Enmachgummis kreizweis drum-geschlaa, damedd die zwä Bladde aach zesammebleiwe.
inn demm isoliere Käschdsche ess der reiseferdische Lyonà dann inn sei kläänà, grienà Ruggsagg kumm.

Ab gehd's
Als de Kurt seinà Fraa ordnungsgemäß tschüß gesaad hadd, saad die noch: „Fang mir nichts mit fremden Frauen an. Lasse dir keine Drogen andrehen, halte dich vom Alkohol zurück, und lasse dir nichts zu Schulden kommen. Du weißt in solchen Ländern bist du schnell im Knast, wenn du deren Vorschriften missachtest."
Er saad: „Jòh, jòh, alles klar. Ich gehn jedem Genuss unn jedà Amtsperson aus'em Wähj."
Dann ess'à medd'em Zuuch nòh Düsseldorf gefaah. Das Ennschägge am Airport war känn Problem. Sei Koffà war unnà 20 Kilo, unn 's ess ab gang zu demm Pieps-Geschdell fà de Bombeschägg.
Sei Ruggsagg medd demm Alu-Käschdsche hadd er, medd e bisse Muffesause, inn die Röhre geschoob.

Die Väter, die auf der Straße zum Feiern vorbeizogen, kamen ins Zweifeln, als sie sahen, dass in Kurts Garten weiße Flocken auf den Schlüsselblümchen lagen. Sie hatten bestimmt gedacht, der Winter käme zurück.
Jedenfalls fertigte Kurt das Kästchen, wie er es vorgesehen hatte. Wie es in seinem Garten aussah, interessierte ihn nicht.
Kurz vor der Abreise nahm er den tiefgekühlten Ringel aus dem Kühlschrank und legte ihn passgenau in das Transportkästchen.
Um den Kälteverlust noch effizienter einzugrenzen, wickelte er noch zwei Lagen Alufolie um das Etui. Dann schlug er noch vier Einmachgummis kreuzweise darum, damit die zwei Platten auch zusammen blieben. Verstaut in dem so preparierten Kästchen kam die reisefertige Lyoner dann in seinen kleinen, grünen Rucksack.

Auf geht's
Als Kurt seiner Frau ordnungsgemäß tschüß sagte, meinte Hilde noch: „Fang mir nichts mit fremden Frauen an. Lass dir keine Drogen andrehen, halte dich vom Alkohol zurück, und lass dir nichts zu Schulden kommen. Du weißt, in solchen Ländern bist du schnell im Knast, wenn du deren Vorschriften missachtest."
Er sagte: „Ja, ja, alles klar. Ich gehe jedem Genuss und jeder Amtsperson aus dem Weg."
Dann fuhr Kurt mit dem Zug nach Düsseldorf.
Das Check-in am Airport war kein Problem. Sein Koffer wog weniger als 20 Kilo und ab ging es zu dem Pieps-Gestell für den Bomben-Check.
Seinen Rucksack mit dem Alukästchen schob er, mit einem kleinen „Muffensausen", in die Röhre.

Beim Dòrschleischde hodd die Röntgenasistendin zu demm undòrschsischdische Rechdeck awwà nix gesaad. Dòhdebei hodd das doch werrglisch ausgesiehn wie e Dynamidpageed.
ìnn London hodd de Kurt zwischenlande misse, weil es vunn dòrd medd'à British Airways *weidàgang ess. An der Ruggsagg-Röntgenstation war er widdà schwääß-nass. 'S wär nedd auszedenge gewehn, wenn die Englännà denne Lyonà gefunn hädde. Ei die lägge sich doch die Fingàre nòh „Tschörmen Sausetsches".*
Dòh devòr schmeiße die doch ihr schwabbelisches Corned Beef *grad wägg unn wäre iwwà de Lyonà hergefall.*
De Kurt hodd Gligg gehadd. Sei grienes Ruggsäggelsche, medd'em Lyonà drin, ess nommòh unvàdäschdisch dòrschgang.
ìnn demm Airways-Flieschà wolld er jòh eischendlisch e Fennschdàblatz hann, awwà die hann'e zwische zwä dungelhäudische Schönheide blazierd. Die zwä Dame hodde sich gleich bei ihm vòrgeschdelld. Links die saad, sie wird Ägätha (Agatha) heische. So hodd die aach ausgesiehn. Die war rabbelderr. Rechts die, am Fennschdà, war's Jois (Joyce). Die hodd Owwàarme gehadd wie e Sumo-Ringà. De Kurt war zwische denne zwä uff seim Sitz ganz schief enngeglämmd. Godd sei Dank hodd er nòh links, zum Ägätha hinn, e bisje Luft. Vunn rechts drohde ihne e dunkle Masse zu erdrigge.
Sei Ruggsäggelsche medd demm Wòrschd hadd de Kurt vòr sisch uff sei Knie geschdelld. Er wolld die Sach emm Au behalle. So konnd er bei raulischem Weddà oddà beim'e Luftloch die Schoggelei e bisje abfäddare. Wenn der haddgefròhrne Wòrschd zu häffdische Schlääsch abgridd hädd, hädd der jòh dòrschbräsche känne!

Erstaunlicherweise sagte die Röntgenassistentin beim Durchleuchten zu dem undurchsichtigen Rechteck nichts. Dabei hatte das doch wirklich ausgesehen wie ein Dynamitpaket.
In London musste Kurt zwischenlanden, weil es von dort mit British Airways weiterging. An der Rucksack-Röntgenstation war er wieder schweißgebadet. Es wäre nicht auszudenken gewesen, wenn die Engländer den Lyonerringel gefunden hätten. Leckere „German Sausages"!
Die hätten sofort ihr schwabbeliges Corned Beef weggeschmissen und wären über seine Lyoner hergefallen.
Kurt hatte Glück. Sein grünes Rucksäckchen, mit der Wurst drin, ging nochmal unverdächtig durch.

In dem Airways-Flieger wollte er ja eigentlich einen Fensterplatz haben, aber sie platzierten ihn zwischen zwei dunkelhäutigen Schönheiten. Die zwei Damen stellten sich sofort bei ihm vor. Die Linke sagte, sie würde Agatha (engl. „Ägätha") heißen. So sah sie auch aus. Agatha war rappeldürr. Die Frau, die rechts am Fenster saß, hieß Joyce.
Sie hatte Oberarme wie ein Sumo-Ringer. Kurt war zwischen den beiden auf seinem Sitz ganz schief eingeklemmt. Gott sei Dank hatte er nach links, zur Agatha hin, etwas Luft. Von rechts drohte ihn eine dunkle Masse zu erdrücken.
Sein Rucksäckchen mit der Wurst stellte Kurt vor sich auf seine Knie. Er wollte die Sache im Auge behalten. So konnte er bei rauem Wetter oder bei einem Luftloch die Schockelei ein wenig abfedern. Wenn die hart gefrorene Wurst heftige Schläge abbekommen hätte, hätte sie ja durchbrechen können!

Awwà als die Jois, also das Digg wo am Fennschdà gesetzd hodd, uff die Toilette gemussd hadd, ess'es kaum an seim Ruggsagg vòrbei kumm. Das hadd nedd alään an seinem Ruggsäggelsche gelääh. Dòh hadd der ihr Hinnàdääl aach e Roll debei geschbield. Uff jede Fall ess die Stewardess aangelaaf kumm unn hodd gemennd, de Kurt sollt sei Ruggsagg owwe enn's Gepäggfach lehje.
Er wolld der Fluuchbegleidàrin graad erkläre, dass ìnn demm Ruggsagg doch gefrorener Lyonà drin wär, der schoggfrei gelaachàd werre missd, holld die doch sei Lyonà-Bäggedsch unn quwädschd's, zimmlisch lieblos owwe enn's Gepäggfach.
Kaum war die wägg, ess de Kurt am Ägätha vòrbei unn hadd ìnn demm Gefach sei Ruggsagg mòhl ordend-lisch uff denne annà Leid ihjà Sache druff gelehd, damit der weisch leihd.
„Es ess doch bessà dass'á emm Gepäggfach leid. Die digg Jois muss jòh nommòh an meine Knie vòrbei, wenn die vumm Heisje zerigg kummd. Unn's ess aach bessà wehje demm Dischelsche, wo isch runnàglabbe muss, wenn's was ze Esse gäbbd." Dengkd de Kurt noch. Dòhbei war er schunn ganz geschbannd druff, wie er das Dischelsche, am Arm vunn der Jois vòrbei, runnà griehn dääd.
Es Jois ess nommòh vumm WC zerigg kumm unn hodd sich mit „sorry, sorry" am Kurt seine Knie vòrbei uff ihjà Fennschdàblatz gequadschd.
Der Kurt wolld als mòhl zum Fennschdà rausgugge, awwà sei Bliggfeld war schdark eingeschränkt gewehn. Der Buuse vunn demm Jois hodd das Bullauge fàschd ganz abgedäggd gehadd. De Kurt hodd e gudd Schdigg vòr rutsche misse, um vòrbei gugge ze känne. Als das Jois das meddgridd hodd, hadd's vàsuchd sei Vòrbau ennzeziehe.

Aber als Joyce, also die Dame, die am Fenster saß, zur Toilette musste, kam sie kaum an Kurts Rucksack vorbei. Das lag nicht alleine an seinem Rucksäckchen, sondern dabei spielte deren Hinterteil auch eine maßgebliche Rolle. Auf jeden Fall kam die Stewardess angelaufen und meinte, Kurt solle seinen Rucksack oben ins Gepäckfach legen.
Er wollte der Flugbegleiterin gerade erklären, dass in dem Rucksack doch gefrorene Lyoner drin wäre, die schockfrei gelagert werden müsse, da nahm sie schon sein Lyoner-Luggage und quetschte es ziemlich lieblos ins obere Gepäckfach.
Kaum war sie weg, bewegte Kurt sich an Agatha vorbei und legte in dem Fach seinen Rucksack mal ordentlich auf die Sachen der anderen Leute. Damit die Wurst weich lag.

„Es ist doch besser, dass sie oben liegt. Die dicke Joyce muss ja nochmal an meinen Knien vorbei, wenn sie von der Toilette zurückkommt. Besser ist es auch wegen der Tischplatte, die ich runterklappen muss, wenn das Essen gebracht wird.", dachte Kurt sich.
Dabei war er schon ganz gespannt darauf, wie er die Tischplatte, am Arm der Joyce vorbei, nach unten klappen konnte.
Joyce kam endlich vom WC zurück und hatte sich, mit „sorry, sorry" an Kurts Knien vorbei auf ihren Fensterplatz gequetscht.
Kurt wollte gelegentlich mal zum Fenster hinausschauen, aber sein Blickfeld war stark eingeschränkt. Der Busen von Joyce hatte das Bullauge fast ganz abgedeckt. Kurt musste ein gutes Stück nach vorne rutschen, um vorbeischauen zu können. Als Joyce das mitbekam, versuchte sie ihren Vorbau einzuziehen.

Das hodd nix gebrung. Dann hadd'se ihm medd'e'rà Handbeweeschung ze vàschdehn gäbb, er solld doch nähjà ran kumme. Der Uffförderung ess de Kurt gäre nòhkomm. Unvà-meidbar war dòhdebei, dass er medd'em reschde Ohr ìnn die Buusefald vunn der ihrem Dekolleté e'rìnngerutscht ess. Ganz vàdàddàd saad er schnell: „Sorry, sorry, I didn't mean it!" Saad 's Jois nur: "That's okay, my guy. "
So senn die zwä dann enn's Geschbräsch kumm.
ìnn sei'm bäschde Englisch vàzeehld, de Kurt der Jois, dass er nòh Montego Bay wolld, unn dort sei'm Brudà Lyonà bringe wolld.
„What's 'Laionr'?", fròhd die ihne. „Siehsch'de", saad de Kurt sisch, „die känne gar känn Lyonà! Gudd dass isch debei hann."
„Lyoner is the best sausage of the world", erglärd'à demm Jois. Dòhdruff hadd die so gelacht, dass'es dungel unn hell vòrm Fennschdà wòr ess. 'S Jois saad noch: „Okay, than it can't be an English sausage"*
Dann hadd s'e ihm vàzeehld, sie wird sisch riesisch druff freihje, ìnn ihrà ald Heimat Schamaika mòhl widdà was rischdisches ze esse ze griehn. Jetzd wird sie jòh ìnn London wohne unn wär Säkredärin vunn'e'me Minischdà. Sie kännd sich zwa jedes Restaurant leischde, awwà die Englännà kännde jòh nedd rischdisch koche. De Kurt hadd s'e dann gefròhd ob's ìnn Schamaika iwwàhaubd Wòrschd gäbbd. Ganz emm Ernschd saad die dòh: „No, no, there is not a good climate for sausages." Er wussd nedd wie er das vàschdehn soll. „Soll dòrd villeischd e „Antiworschd-Klima" sìnn? Vàschimmeld der dort ze schnell? Odà hann die genarell was gehje Wòrschd? Oh Gott, was mach isch 'n dòh medd meim Lyonà? Dòh dääd isch 'ne jòh bessà gleisch uffese!", ware'm Kurt sei Gedanke.

Das nutzte aber nicht viel. Also gab sie ihm mit einem Handzeichen zu verstehen, dass er doch näher rankommen solle.
Dieser Aufforderung kam Kurt gerne nach. Dabei war jedoch unvermeidbar, dass er mit seinem rechten Ohr in die Busenfalte ihres Décolletés hinein rutschte. Das war Kurt dann doch sehr peinlich und er sagte schnell: „Sorry, sorry, I didn't mean it!" Da sagte Joyce nur: „That's okay, my guy."
So kamen die beiden dann ins Gespräch.
In seinem besten Englisch erzählte Kurt der Joyce, er wollte nach Montego Bay, wohin er seinem Bruder Lyoner mitbringen wollte.
„What's 'Laionr'?", fragte sie ihn. „Siehst du", sagte Kurt sich, „die kennen gar keine Lyoner! Gut, dass ich welche mithabe."
„Lyoner is the best sausage of the world", erklärte er Joyce. Darauf lachte sie so, dass es dunkel und hell vor dem Fenster wurde. Dabei sagte sie noch: „Okay, then it can't be an English sausage".
Dann erzählte ihm Joyce, sie würde sich riesig darauf freuen, in ihrer alten Heimat Jamaika mal wieder etwas Richtiges zu essen zu bekommen. Jetzt würde sie ja in London wohnen und wäre Sekretärin eines Ministers. Sie könne sich zwar jedes Restaurant leisten, aber die Engländer könnten ja nicht richtig kochen. Daraufhin fragte Kurt sie, ob es in Jamaika überhaupt Wurst gäbe. Ganz im Ernst antwortete sie: „No, no, there is not a good climate for sausages."
Er wusste nicht wie er das verstehen sollte. „Soll dort vielleicht ein „Antiwurst-Klima" herrschen? Verschimmelt die Wurst dort zu schnell? Oder haben die generell was gegen Wurst? Oh Gott, was mache ich denn dann mit meiner Lyoner? Da würde ich sie ja besser gleich aufessen!", waren Kurts Gedanken.

Neij Freindin

Emm Flieschà ess'es Esse kumm. Das Dischelsche hodd de Kurt runnàgridd, weil's Jois de Arm hoch geschdeggd hodd. Nòh demm Esse hodd's Kaffee gäbb. Es Jois hadd sisch zu demm Kaffee gleisch e klään braun Fläschje medd Likör komme losse. De Kurt hodd s'e gefròhd was das fà Schnaps wää unn fà was der gudd wää. Dòh saad s'e das wää „Tia Maria", unn denne missd mà zum Kaffee dringke, sunschd kännd mà denne englische Kaffe nedd vàdraan. Dòh hadd de Kurt sisch vunn dà Schduadess aach e Fläschje bringe losse. Der „Tia Maria" war prima. Nääwem Jois hodd de Kurt zwar weenisch Blatz emm Flieschà gehadd, awwà sunschd war's Jois ganz brauchbar. Unn als die sisch noch e Kaffee medd „Tia Maria" beschdelld hadd, hodd er sisch aach gedraud ääns nòhzebeschelle.

Es ess nedd beim zwädde Kaffee medd „Tia Maria" geblieb, awwà bei der dritt Beschdellung hadd's Jois zu der Schduadess gesaad, uff de Kaffe kännd sie vàzischde. Die Schduadess solld schdadd desse nur zwä Fläschjà „Tia Maria" bringe. Als die zwä Fläschjà kumm senn, hodd's Jois demm Kurt ääns devunn ab-gäbb. Dann hann'se Briedàschafd gedrungk. Fà's Jois war das e bisje umschdännisch. Die konnd sich jòh kaum zum Kurt rumdrähje, fà sisch ìnn die rischdisch Kuss-Position ze bringe. Die annàre Leit, aach das Knochegeschdell links, hann all schunn geschlòòf, awwà es Jois unn de Kurt senn ìmmà mundàrà wòr.

Nòh der vierd „Tia-Maria"-Beschdellung, hodd die Schduadess äbbes zum Jois gesaad, was de Kurt nedd vàschdann hodd. Als er wisse wolld was s'e gesaad hadd, saad's Jois nur: „No problem my gay. We get one more two"..

Neue Freundin
Im Flieger wurde das Essen ausgeteilt. Kurt konnte seine Tischplatte nur runterklappen, weil die Joyce ihren linken Arm hochstreckte. Nach dem Essen gab es Kaffee. Zum Kaffee ließ sich Joyce zusätzlich noch ein kleines braunes Fläschchen mit Likör kommen. Kurt fragte sie, was das für ein Schnaps sei und wozu er gut wäre. Da sagte sie das wäre: „Tia Maria", und den müsste man zum Kaffee trinken, sonst könnte man den englischen Kaffee nicht gut vertragen.
Da ließ sich Kurt von der Stewardess auch ein Fläschchen bringen. Der „Tia Maria" war prima.
Neben Joyce hatte Kurt zwar wenig Platz in dem Flieger, aber sonst war Joyce ganz brauchbar. Und als sie sich noch einen Kaffee mit „Tia Maria" bestellte, traute er sich ebenfalls beides nachzubestellen.
Es blieb nicht beim zweiten Kaffee mit „Tia Maria", doch bei der dritten Bestellung sagte Joyce zu der Flugbegleiterin, sie könne auf den Kaffee verzichten. Stattdessen solle die Stewardess nur zwei Fläschchen „Tia Maria" bringen. Als die zwei Fläschchen geliefert wurden, gab Joyce Kurt eines davon ab. Dann tranken sie Brüderschaft. Für Joyce war das etwas umständlich. Sie konnte sich ja kaum zu ihm umdrehen, um sich in die richtige Kuss-Position zu bringen.
Die anderen Passagiere, auch das Knochengestell links von Kurt, schliefen alle schon, aber Joyce und Kurt wurden immer munterer.
Nach der vierten „Tia-Maria"-Bestellung sagte die Stewardess zu Joyce etwas, das Kurt unverständlich war. Als er wissen wollte, was sie gesagt habe, sagte Joyce nur: „No problem, my guy. We get one more two".

Wie s'e dann auwà zum femfde Mòhl "Tia Maria" hann wolld, ess die Schduadess äänfach vòrbei gang, so als wenn sie es Jois nedd gesiehn hädd. Dòhdebei konnd mà das braune Riesenbaby doch iwwàhaubd nedd iwwàsiehn.
Es Jois hodd dann gemennd, de Kurt hädd jòh eerschd zwä Mòhl beschdelld. Er grääd beschdimmd noch was. Er solld doch mòhl ìnn die "Kitchen" gehen. Das hodd'à dann aach gemacht unn hadd tadsäschlisch noch zwä Fläschelschà "Tia Maria" gridd. Die Schduadess saad auwà: "These two are your last order, that'll do now!" Sie senn jòh lang iwwà's Wassà geflòh, unn de Kurt wolld als mòhl aus'em Fennschdà gugge ob er e Schiff uff'm Ozean siehn dääd. Nòh denne ganze "Tia Maria"s hadd er sisch ohne Hemmunge gedraud e bisje weidà, an seinà neij Freindin vòrbei, bis zum Fennschdà vòr ze kämpfe. Dòh hadd's Jois auwà ìnn dà heegschde Teen gejuchzd. Nedd nuà nääwedraan, das Ägätha, hadd die Aue uffgeriss, die ganze Leid senn wach wòr unn hodde beeß zum Jois unn'em Kurt geguggd. Die knìggisch Schduadess hodd e Gesischd gemacht, als wolld s'e die zwä zum Fennschdà rausschmeiße. 'S Jois hodd das kald gelossd. Wenn das Digg aus'em Fennschdà rausgeguggd hadd, saad's ìmmà nuà: "No sharks to see." Ja, ìnn denne Schdunne medd'em Jois, hodd de Kurt sei Lyonà ganz vàgess gehadd. Als der Flieschà auwà am Lande war, ess'es'm ganz raulisch wòr. Die Schduadess ess medd'rà Schprähdoos e'rum gang, unn hadd denne ganze Fluuchzeischinneraum desinfizierd. ìnn demm Flieschà war de reinschde Schemiegas-Näwwel. All Leid hodd misse huuschde! De Kurt fròhd sisch, ob die villeischd gemennd hann, jemand wird äbbes Schimmelisches ennschmuggele? Villeischd schimmelischi Wòrschd?

Als sie dann aber zum fünften Mal „Tia Maria" haben wollte, ging die Stewardess einfach an ihrer Sitzreihe vorbei, so als wenn sie Joyce nicht gesehen hätte. Dabei konnte man das braune Riesen-Baby doch überhaupt nicht übersehen.
Joyce meinte, Kurt hätte ja erst zweimal bestellt. Er bekäme bestimmt noch etwas. Er solle doch mal in die Kitchen gehen. Das machte Kurt dann auch und bekam tatsächlich noch zwei Fläschchen „Tia Maria". Die Stewardess sagte aber: „These two are your last order, that'll do now! "

Sie flogen ja lange übers Wasser, und Kurt wollte nochmal aus dem Fenster schauen um Schiffe auf dem Ozean zu sehen. Nach den vielen „Tia Marias" traute er sich, ohne zu zögern, an seiner neuen Freundin vorbei zum Fenster vorzukämpfen. Da juchzte Joyce aber in den höchsten Tönen. Nicht nur die Agatha nebenan riss sofort die Augen auf, alle anderen Leute wachten auf und schauten sich empört zu Joyce und Kurt um.
Die knickerige Stewardess machte ein Gesicht, als wolle sie die beiden zum Fenster hinausschmeißen. Joyce ließ das kalt. Wenn die Dicke selber zum Fenster hinausschaute, sagte sie gelegentlich nur: „No sharks to see" Ja, in den Stunden mit Joyce vergaß Kurt seine Lyoner-Wurst total.
Als das Flugzeug landete, wurde es ihm aber speiübel. Die Stewardess ging mit einer Sprühdose herum und desinfizierte den ganzen Flugzeuginnenraum. In dem Flieger war der reinste Chemiegas-Nebel. Alle Passagiere mussten husten! Kurt war schockiert! Hatten die Jamaikaner vielleicht doch gedacht jemand würde etwas Verschimmeltes einschmuggeln? Vielleicht schimmelige Wurst?

Fix hadd sisch de Kurt sei Ruggsäggelsche geschnabbd unn ess mir-nix-dir-nix raus aus demm vàgaasde Flieschà. Beim eerschde Schridd aus demm Fluuchzeisch hodd's 'ne ball erschlaa, so e Bulle-Hiz war das ìnn Montego Bay.
„*Ohjäh – jetzd taud mà de Lyonà doch noch uff! Nòjà, wenn aach, de Rolf gridd 'ne jòh gleisch. Der waad beschdimmd am Fluuchhafeschalldà uff misch. Wenn isch nuà schnell dòrsch die Kondroll komme*", *ware'm Kurt sei Gedanke. Zu seinà Iwwàraschung mussd er ìnn Montego Bay noch nedd'e'mòhls dòrsch so e Pieps-Geschdell gehn. Unn sei Ruggsagg mussd er aach nedd dòrsch so e Röndschetunnel schiewe. Es war alles e bisje annäschd als ìnn Europa. „Prima, das geht dann jòh schnell*", *hodd de Kurt sisch gefreid. Ohne Zeidvàluschd ess'es direkt zur Passkondroll weidà gang. Es Jois unn das Ägätha ware schnellà medd'em Pass dòrsch, als de Kurt. Er hodd'em Jois noch schnell e Zeische gäbb, dass sie sisch drauße dreffe sollde.*
Vòr'm Kurt ware e paar blasse Englännà emm Hawaii-Hemd an dà Reih. Die Bleichgesichter hann all ihr Unnàkunfd uff'e'me Zeddel enndrahn misse. Die wollde beschdimmd ìnn so'me Couple-Club *Urlaub mache. Das ess e Club, wo mà sisch e Inselschönhääd fà verrzeh Daach medd uff's Zìmmà holle kann.*
Wie de Kurt draan war, fròhd'ne der Immigräsche-Offisà, ìnn welschem Hotel er wohne dääd. De Kurt saad, er wird emm Urwald bei sei'm Brudà schlòòfe. Dòh hadd der gemennd de Kurt vàaschd 'ne unn wolld'ne nedd dòrsch losse. De Kurt hadd demm Beamde schnell sei gläänà Ruggsagg unn die Wannàschuh gezeihd – die wo mà fà de Wald jòh brauchd.

Flugs schnappte Kurt sein Rucksäckchen und beeilte sich so schnell er konnte aus dem vergasten Flieger hinaus zu kommen. Beim ersten Schritt aus dem Flugzeug erschlug es ihn fast, so eine schwül-feuchte Hitze herrschte in Montego Bay.

„Oh, je – jetzt taut mir die Lyoner doch noch auf! Nun, ja, wenn auch, der Rolf bekommt sie ja gleich. Der wartet bestimmt im Flughafen auf mich. Wenn ich nur schnell durch die Kontrolle komme", waren Kurts Gedanken. Zu seiner Überraschung musste er in Montego Bay noch nicht einmal durch ein Pieps-Gestell gehen. Und seinen Rucksack musste er auch nicht durch einen Röntgentunnel schieben. Es war alles ein wenig anders als in Europa. „Prima, das geht dann ja schnell", freute Kurt sich.

Ohne Zeitverlust ging es direkt weiter zur Passkontrolle. Joyce und Agatha waren mit ihren Pässen schneller durch die Kontrolle als Kurt. Er hatte Joyce zuvor noch ein Zeichen gegeben, dass sie sich draußen treffen sollten.

In der Reihe vor Kurt standen ein paar in Hawaii-Hemden gekleidete blasse Engländer. Die Bleichgesichter mussten alle ihre Hotelunterkunft auf einem Zettel eintragen. Sie wollten bestimmt in so einem „Couple-Club" Urlaub machen. Das ist so ein Club-Hotel, in dem man sich eine Inselschönheit für vierzehn Tage mit aufs Zimmer nehmen kann.

Als Kurt an der Reihe war, fragte ihn der Immigrations-Beamte, in welchem Hotel er wohnen würde. Kurt sagte, er würde im Urwald bei seinem Bruder schlafen. Da dachte der Mann er nähme ihn auf die Schippe und wollte Kurt nicht durchlassen. Dann zeigte Kurt ihm schnell seinen kleinen Rucksack sowie seine Wander-Schuhe – die man ja für den Wald benötigt.

Dann hadd'à noch aangedeid, dass er doch känn Hawaii-Hemd aan hädd. Zusätzlisch saad er noch: „Ei'm nodd English. Ei'm tschörmen." Dòh lacht der unn wingkd'ne dòrsch. „Mensch, die Schamaikanà senn awwà freindlische Leid", saad de Kurt sich.

Drama
Nòh der Passkondroll ess de Kurt ìnn e großi Bläsch-Hall gang, wo's die Koffà gäbb hodd. Dort war aach die Gepäggkondroll. Jetzt mussd er nuà noch dòrsch de Zoll unn dann hädd de Rolf endlisch sei Lyonà gehadd.
Reschds unn links an dà Wänn vunn der Hall, hann zwä ganz schwarz aangezòhne „Maroons" medd MGs geschdann. ìnn der Hall ware drei Dische vunn dà Zoll-Kondroll. Vòr demm Disch links schdand das Jois unn die annàre dungelheidische Schamaikanà. Vòr demm Disch ìnn dà Midd hodde die ganze bleischgesischdische Englännà geschdann. Vòr demm Disch ganz reschds hodd nìmmand geschdann. Hinnà demm reschde Disch hadd e äldàri Zoll-Beamdin geschdann. Iwwà der Frau war e Schild, uff demm: „To declare" geschdann hadd. Die Fraa hodd nix ze duhn, hadd awwà e Gesischd gezòh, als hädd s'e vàschimmeldes Fleisch gess gehadd. De Kurt wussd nedd, soll er sisch zu denne Englännà oddà zu denne Schamaikanà ìnn die Schlang schdelle. Als die „Tudeklär-Frau" gesiehn hodd, dass de Kurt nedd wussd wo er hinn solld, hadd s'e'ne medd'rà Handbeweeschung zu sisch gewungk.
„Nòjà, kännà dòh, dann gehd's hald schnellà", hadd de Kurt gemennd. Also ess'à zu der gang. Die fròhd'ne gleisch: „Have you some things to declare?"
Saad er: „No, nothing." *Fròhd die nochmohl:* „What is in the bag?"

Er deutete noch an, dass er auch kein Hawaii-Hemd anhabe. Zusätzlich sagte er noch: „I'm not English. I'm German." Da lachte der Beamte und winkte ihn durch. „Die Jamaikaner sind aber freundliche Leute", sagte sich Kurt.

Drama
Nach der Passkontrolle kam Kurt in eine große Blech-Halle, wo es die Koffer gab. Dort war auch die Gepäck-Kontrolle. Jetzt musste er nur noch durch den Zoll und dann bekäme der Rolf endlich seine Lyoner!
Rechts und links an den Wänden der Halle standen zwei schwarz gekleidete „Maroons" mit MGs.
In der Halle standen drei Tische der Zollkontrolle. Vor dem Tisch links standen Joyce, Agatha und die anderen dunkelhäutigen Jamaikaner. Vor dem Tisch in der Mitte standen alle bleichgesichtigen Engländer. Vor dem Tisch ganz rechts stand niemand. Hinter diesem rechten Tisch stand eine ältere Zollbeamtin. Über der Frau hing ein Schild auf dem „To declare" zu lesen war. Die Frau hatte nichts zu tun, zog aber ein Gesicht, als hätte sie verschimmeltes Fleisch gegessen.
Kurt wusste nicht, ob er sich zu den Engländern oder zu den Jamaikanern in die Schlange stellen sollte. Als die „To-declare-Frau" sah, dass Kurt nicht recht wusste wohin er sollte, deutete sie mit einer Handbewegung an, er solle sich zu ihr begeben.
„Nun ja, keiner da, dann geht's halt schneller", dachte er.
Also ging er zu der Frau. Sie fragte ihn sofort: „Have you something to declare?"
Darauf sagte er: „No, nothing." Dann fragte sie: „What's in the bag?"

De Kurt war wie vàschdeinàd. „Jesses mei Lyonà!"
Die Fraa kneift die die Auebraun zesamme unn
grabschd sisch sei Ruggsagg. Die guggd ìnn denne
Ruggsagg, sieht das Alu-Käschdsche, reißt Aue unn's
Maul uff, unn gäbbd ihm denne Ruggsagg wìddà
zerigg. Gleischzeidisch ruft s'e was ìnn schamaikan-
ischem Englisch zu denne Kerle medd denne MGs.

Plötzlisch hann die zwä „Maroons" nääwe'm Kurt
geschdann. Dòh ess awwà's Ziddàre iwwà de Kurt
kumm. Gäbbd die Ald ihm ìnn rauem Ton de Befehl,
das Käschdsche „very slowly" aus seim Ruggsagg
rauszeholle. Er hadd das Käschdsche zögàlisch aus
demm Sagg gezòh unn gehofft dass'e nedd uff die Idee
kummd, er solid das aach noch uffmache.
Dengkschde! Befehld die nommòh: „Please open it,
but with care! " Oh jäh! Kurt saad schnell, ìnn der
Box wär: „Onli ä bräsend fòr mai brasser, ä freeze
tschörmen Lyonà".
Das medd demm gefròhrne Lyonà muss die ìnn de
völlisch falsche Hals gridd hann. Die Ald ess e Schritt
zerigg gang unn saad medd laudà Schdimm: „Open
it!"
Die Englännà unn die Schamaikanà hann all schunn
riwwà geguggd. De Kurt ess sisch vòrkomm, wie e
erdabbdà Rauschgifdschmugglà. „Gudd, wenn die
blöd Kuh 's nedd glaabd, mach isch das Käschdsche
hald uff. Dann gridd de Rolf denne Wòrschd ääwe
unvàpaggd unn uffgetaud!" Grummeld de Kurt ìnn
sei Bard.
Unn jetzd soll er die scheen Aluvàpaggung uffmache!
Die ganz schwierisch Aawed, wo er sisch gemachd
hadd, war dòhmedd fà die Katz!
Er war so uffgereeschd unn schdruddellisch, dass ihm
beim Uffmache die Aluvàpaggung vàriss ess.

Kurt stand wie versteinert da. „Oh Gott, meine Wurst!"
Die Dame kniff ihre Augenbrauen zusammen und schnappte sich seinen Rucksack. Sie schaute in den Rucksack, sah das Alu-Kästchen, riss Augen und Mund auf und gab ihm den Rucksack wieder zurück. Gleichzeitig rief sie etwas in jamaikanischem Englisch zu den Kerlen mit den MGs.
Plötzlich standen die beiden „Maroons" neben Kurt.
Da kam aber das Zittern über Kurt. Die Alte gab ihm in barschem Ton den Befehl, das Kästchen „very slowly" aus dem Rucksack herauszunehmen. Er zog das Kästchen zögerlich aus dem Sack und hoffte, dass sie nicht auf die Idee kommt, er solle das auch noch aufmachen.
Denkste! Sie befahl es Kurt doch: „Please, open it, but with care! " Oh, je! Kurt sagte schnell, in der Box sei: „Only a present for my brother; a freeze German Lyoner-Sausage"
Das mit der gefrorenen Wurst musste sie in den völlig falschen Hals bekommen haben. Die Dame ging einen Schritt zurück und sagte mit lauter Stimme: „Open the box!" Die Engländer und die Jamaikaner schauten alle schon nach rechts herüber. Kurt kam sich vor, als sei er ein ertappter Rauschgift-Schmuggler. „Gut, wenn die blöde Kuh es nicht glaubt, mache ich das Kästchen halt auf. Dann bekommt der Rolf die Wurst eben unverpackt und aufgetaut!", grummelte er in seinen Bart. Und als er die schöne Aluminiumverpackung aufmachen musste, war die ganze mühevolle Arbeit, die er sich gemacht hatte, umsonst! Kurt war so aufgeregt und fahrig, dass ihm die schöne Aluverpackung beim Öffnen total zerriss.

Die ganze Enmachgummis senn, medd Dääle vunn der Folie, ìnn hohem Bòòhe wägg geschpritzd. Demm ään Bollizischd ess aach noch e Gummische an de Bagge geflòh. Dòh hadd der e Satz uff de Kurt zu gemacht, unn ihm sei MG hinne ìnn die Ribbe gedriggd. Vòr Schrägg hadd de Kurt das Lyonà-Käschdsche falle gelossd unn die Hänn hoch geriss.

Als das Käschdsche uff die Plättschà am Boddem gefall ess, hadd's laud geknalld. Zwä Englännà unn's digg Jois, hodde sich uff de Boddem geschmiss, weil s'e gemennd hann, es wird e Bomb explodiere.

Gott sei Dank hadd der medd demm MG die Nerve behall unn nedd abgedriggd. Fà e halb Minudd war's muggsmeisjes schdill ìnn der Zollabferdischungshall. Weil awwà nix explodiert ess, senn die Englännà unn das Digg wìddà uffgeschdann Die Zollbeamdin ess langsam vòr kumm, um ze gugge, was uff'em Boddem gelääh hodd. Das Käschdsche war uff gang, unn emm Kurt sei Lyonà ess e'rausgeschbrung. Als die Zöllnasch denne blangke Wòrschd gesiehn hodd, hadd s'e ganz kòrz uffgeschrieh unn gesaad, er soll denne zefòrd nommòh ennpagge.

Erleischdadd, dass das Weib offenbar jetzd geschnalld hodd, dass nix gefährlisches drin war, hadd de Kurt sei Lyonà wìddà ìnn die Räschde vunn der Alufolie enngepaggd.

Graad wolld er denne Wòrschd nommòh ìnn sei Ruggsagg schdegge, saad die Zoll-Zilli doch: „Stopp!"

Kommt die noch e Schritt weidà vòr, schdräggd de Arm aus, grabschd medd Daume unn Zeischefingà sei Lyonà, unn bruusd 'ne medd Schwung hinnà sisch ìnn e Abfallkondänà! Zagg! Dass de Kurt dòh der bleed Kuh nedd graad e Kinnhòòge gäbb hodd, hadd die nuà denne Kerle medd denne MGs zu vàdangke gehadd.

Alle Einmach-Gummis flogen, zusammen mit Alu-Folien-Resten, in hohem Bogen weg. Dem einen Polizist spritzte dabei ein Gummichen auch noch an die Wange. Da machte der einen Satz auf Kurt zu und drückte ihm sein MG von hinten in die Rippen. Vor Schreck ließ Kurt das Lyoner-Kästchen fallen und riss die Hände hoch.

Als das Kästchen auf den gefliesten Boden fiel, knallte es laut. Zwei Engländer und die dicke Joyce ließen sich sofort auf den Boden fallen. Sie meinten wohl, es sei eine Bombe explodiert. Gott sei Dank behielt der MG-Schütze die Nerven und drückte nicht ab. Für eine halbe Minute war es mucksmäuschen still in der Zollabfertigungshalle. Weil aber nichts explodierte, standen die Engländer und die dicke Joyce wieder auf.

Die Zollbeamtin ging langsam nach vorne, um zu sehen, was alles auf dem Boden lag. Das Kästchen war aufgegangen und Kurts Lyoner war herausgesprungen Als die Beamtin die blanke Wurst sah, schrie sie ganz kurz auf und sagte, er solle die Wurst sofort nochmal einpacken.

Erleichtert darüber, dass sie offenbar jetzt kapiert hatte, dass nichts Gefährliches in seiner Box war, packte Kurt seine Lyoner wieder in die Reste der Alufolie ein.

Gerade wollte er die Wurst nochmal in seinen Rucksack stecken, sagte die Zoll-Zilli doch: „Stopp!" Sie kam noch einen Schritt weiter vor, streckte den Arm aus, grapschte mit Daumen und Zeigefinger die Lyoner und schleuderte sie mit Schwung hinter sich in einen Abfallcontainer! Zack!

Dass Kurt der blöden Kuh da nicht geradewegs einen Kinnhaken gab, hatte sie nur den Kerlen mit den MGs zu verdanken!

Sei Lyonà! Jetzt leidà naggisch emm Abfall, zwische Ziggareddeschachdele unn käddschabbfàschmierdem Babbedäggel.

Die Zoll-Zilli unn die zwä schwatze "Maroons" medd de MGs, hann de Kurt medd unausweischlischà Gewald an demm Kondänà vòrbei zum Ausgang buxierd.

Draußė war's schunn dungel. Es Jois hodd sisch, ohne sich rum ze drähje, vàdriggd. Die Englännà senn ìnn Busse enngeschdieh unn ìnn ihjà Hotel gefaah.

Vòr demm Fluuchhafe ware nuà noch zwä Dutzend Schwarze ze siehn. Dòrsch denne Haufe hodd de Kurt sisch dòrschkämpfe misse. Fàschd jedà Kerl hodd'ne medd: „Taxi, Taxi, Hotel, Hotel", aangehau.

Zimmlisch bauzisch saad'à ìmmà: „Nix Taxi, nix Hotel. Ei go tu mai Brassà in se Dschangel." Dòh ware die awwà uff dà Palme! Bei ihne wohnd doch kännà meh emm Schun-ngel! Unn schunn garnedd sei Brudà – e "Gringo"!

'S war'em Kurt nedd ään Duhn. Als ihm äänà vunn hinne uff die Schullà geklobbd hadd, ess'à zesamme- gefaah. De Kurt drähje sisch rum unn – 's war de Rolf! „Genòhmend Kurt", saad der.

Dann holld'à'm Kurt de Ruggsagg ab unn mennd: „Dòh ess awwà nedd vill drìnn. Haschd'e nix meddgebrung?" „Was solld isch dà dann medd- bringe?", fròhd de Kurt grääzisch.

Gäbbd de Rolf ihm die Andwoàd: „ Ei e Ringel Lyonà!"

Dòhdruff konnd de Kurt nuà noch saan: „Kannschd dir äänà holle gehen, muschd awwà schnellà als die Radde senn!"

Seine Lyoner! Jetzt lag sie nackt im Abfall, zwischen Zigarettenschachteln und mit Ketchup verschmierter Pappe! Die Zoll-Zilli und die zwei mit den MGs bugsierten Kurt mit unausweichlicher Gewalt an dem Container vorbei zum Ausgang.

Draußen war es schon dunkel. Joyce hatte sich, ohne sich umzudrehen, verdrückt. Die Engländer stiegen in Busse ein und fuhren in ihre Hotels.

Vor dem Flughafen waren zwei Dutzend dunkelhäutige Jamaikaner zu sehen. Durch diese Menschenmenge musste Kurt sich durchkämpfen. Fast jeder Kerl sprach ihn mit: „Taxi, Taxi, Hotel, Hotel" an.
Ziemlich unwirsch antwortete er immer: „Nix Taxi, nix Hotel. I go to my brother in the jungle." Da waren die Jamaikaner aber auf der Palme! Bei ihnen wohnte doch keiner mehr im Dschungel! Und schon garnicht sein Bruder – ein „Gringo"!

Ein beklemmendes Gefühl erfasste Kurt. Als ihm jemand von hinten auf die Schulter klopfte, fuhr er erschrocken zusammen. Kurt drehte sich um und – es war Rolf! „Guten Abend Kurt", sagte der. Dann nahm er Kurt den Rucksack ab und meinte: „Da ist aber nicht viel drin. Hast du nichts mitgebracht?" Etwas gereizt fragte Kurt: „Was sollte ich dir denn mitbringen?"
Rolf gab ihm zur Antwort: „Nun, einen Ringel Lyoner!"
Darauf konnte Kurt nur noch sagen: „Du kannst dir einen holen gehen, musst aber schneller als die Ratten sein!"

6. Selmas Grumbiere

De Kurt hodd emm Urwald e Schdigg Wòrschd schwää. Vàmissd. 'S Jois hodd die schamaikanisch Kisch jòh hoch geloobd, doch de Kurt war zimmlisch enndeischd devunn. Vunn demm, was es dord ze esse gäbb hodd, es de Kurt zwar sadd wòr, das war awwà alles. Besonnàschd denne ihjà Camembert war zum fòrdlaafe. Denne hadd mà schnell misse wäggsuggele, vòr dass'à am Änn noch Fliddische gridd hädd. Denne ihr Grumbiere ware rood unn sieß wie Gellàriewe. Die ware nix fà Bròòdgrumbiere ze mache!. Okay, dòhfòr hann denne ihr gebròòdne Banane ganz gudd geschmeggd.
Ansunnschde war das Lääwe emm Schunngel fà de Kurt ganz schbannend. De Rolf hadd'em Kurt werrglisch die Krebse uff dà Bääm gezeihd. Die lääwe inn Bromelie. Das senn Dingà wie Annanas, inn denne Wassà zwische dà Bläddà ess, unn dòhdrinn grawwele die Krebse rum.
Nòh demm Schunngelabendeià ess de Kurt hungrisch hemm geflòh. Emm Flieschà hadd'à die ganz Zeid vunn gegrilldem Lyonà unn Bròòdgrumbiere gedräämd.
Als er dehemm war, war's Hilde nedd dòh. Sei Schwiehjà-muddà, es Selma, saad die wär medd ihre Freindinne uff dà Schnerr. Weil'à awwà Hungà gehadd hodd, wolld es Selma ihm geschmoorde Saubohne medd Derrfleisch unn gezuggàdem Salaad mache. Dòh hadd de Kurt dangend abgelehnd unn gesaad er hädd die ganz Zeid nix vànifdisches gridd, jetzd wolld er endlisch mòhl äbbes esse wo aach schmägge dääd. Dòh ess'es Selma awwà ball aus dà Haud gefahr. „Dicke Bohnen mit Speck und Salat, das war bei uns ein Festtagsessen! Du mit deinem „Kordonblö" und „Pommes frites" hast doch gar keine Ahnung von gesunder Ernährung!"

Selmas Kartoffeln

Kurt hatte im Urwald ein Stück Wurst doch sehr vermisst. Joyce hatte die jamaikanische Küche ja hoch gelobt, doch Kurt war sehr enttäuscht davon. Von dem, was es dort zu essen gab, wurde Kurt zwar satt, aber das war gerade alles. Besonders der jamaikanische Camembert war zum weglaufen. Den musste man schnell aufsaugen, bevor er am Ende noch Flügel bekommen hätte.
Die Kartoffeln waren dort rot und süß wie Möhren. Nicht geeignet, um Bratkartoffeln daraus zu machen! Okay, dafür schmeckten die jamaikanischen gebratenen Bananen ganz lecker. Ansonsten war das Leben im Dschungel für Kurt ganz spannend. Rolf hatte Kurt tatsächlich Krebse auf den Bäumen gezeigt. Sie lebten in Bromelien. Das sind Pflanzen zwischen deren Blättern sich Wasser ansammelt, und darin leben Krebse.
Nach dem Dschungelabenteuer flog Kurt hungrig nach Hause. Im Flieger träumte er die ganze Zeit von gegrillter Lyoner mit Bratkartoffeln.
Als er zu Hause war, war Hilde nicht da. Seine Schwiegermutter Selma sagte, Hilde wäre mit ihren Freundinnen zum Shopping gegangen.
Weil Kurt Hunger hatte. wollte Selma ihm geschmorte „Dicke Bohnen" mit Dürrfleisch und gezuckertem Salat machen. Das lehnte Kurt dankend ab und sagte, er hätte die ganze Zeit nichts vernünftiges bekommen, jetzt wollte er mal endlich etwas Schmackhaftes essen.
Da fuhr Selma aber beinahe aus der Haut: „Dicke Bohnen mit Speck und Salat, das war bei uns ein Festtagsessen! Du mit deinem "Kordonblö" und "Pommes frites" hast doch gar keine Ahnung von gesunder Ernährung!"

De Kurt mennd dòhdruff ganz duggmeisisch: „Ich wollte ja kein Festtagsessen, Lyoner mit Bratkartoffeln hätte mir genügt".
Dòhbei wär das fà ihne e Feschdesse gewehn!
Mà muss wisse, es Selma unn ihr Mann Willm senn, nòhdemm de Kurt das Haus fà Fraa unn Kinnà gebaud hodd, vunn außàhalb – aus'em Reisch, genau gesaad aus Norddeitschland – enn's Saarland gezòh. Enn's Unnàgeschoss.
'S Selma schwätzd nur Hochdeitsch. Neddemòhls norddeitsches Platt, so wie de Willm schwätzte konnd. Sie war nämlisch vunn noch weidà häjà. Nämlisch aus Hinter-Pommern. Unn das ess vumm Saarland aus gesiehn schunn fàschd ìnn Sibirie.
'S Selma war e eißàschd selbschbewussdi Fraa. Die hodd die Hose aan. Der hadd so schnell kännà was vòrgemachd. Medd der mussd de Kurt ìmmà Hochdeidsch schwätze. Sie hodd gemennd, weil Saarlännà Pladd schwätze dääde unn sie Hochdeidsch, wär sie äbbes Bessàres. Dòhbei senn Saarlännà fàschd dreischbròòchisch. Die känne nämlisch Pladd, einischàmaaße Hochdeidsch unn sovill Franzeesisch dass'e emm Cora ìnn Forbach ennkaafe känne.
Es Selma war mòhl emm Krankehaus. Wie's weddà gesund rauskomm ess, saad'se, der Uffendhald dord wär fà sie ganz vòrschdbar gewehn. De Doggdà hädd sie jòh noch vàschdann – dòhbei wär der sogar e Auslännà gewehn – awwà die Saarlännàrin emm Bedd nääwedraan ze vàschdehn, dass wär unnmeeschlisch gewehn. ìnn Pommern hädde die Leid vumm Land jòh aach ìmmà Kobbdieschà aan gehadd, awwà die hädde weenschens so e Deitsch geschwätzd dass mà s'e vàschdehn konnd. Wenn die emm Bedd nääwedraan medd ihjà oddà ihr'm Besuch Saarlännisch geschwätzd hädd, hädd sie känn Word vàschdann

190

Kurt meinte nur ganz schüchtern: „ Ich wollte ja kein Festtagsessen, Lyoner mit Bratkartoffeln hätte mir genügt."
Dabei wäre das für ihn ein Festessen gewesen!
Man muss wissen, Selma und ihr Mann Willm waren, als Kurt das Haus für Frau und Kinder gebaut hatte, von außerhalb des Saarlandes („*aus 'em Reisch*"), genauer gesagt aus Norddeutschland, zu ihnen gezogen. Ins Untergeschoss.
Die Selma sprach nur Hochdeutsch. Noch nicht einmal den norddeutschen Dialekt, wie ihn ihr Willm konnte. Sie war nämlich von noch weiter weg. Sie kam ursprünglich nämlich aus Hinter-Pommern. Und das ist vom Saarland aus gesehen schon fast in Sibirien.
Selma war eine äußerst selbstbewusste Frau. Sie hatte die Hosen an. Ihr machte so schnell keiner etwas vor!
Wenn Kurt mit ihr redete, musste er immer Hochdeutsch sprechen. Sie meinte, weil Saarländer Mundart sprächen und sie Hochdeutsch, wäre sie etwas Besseres. Dabei sind Saarländer fast dreisprachig. Sie können nämlich Saarländisch, einigermaßen Hochdeutsch und soviel Französisch, dass sie im Cora in Forbach einkaufen können.
Selma war mal im Krankenhaus. Als sie gesund nach Hause zurückkam, sagte sie. der Aufenthalt dort sei für sie ganz furchtbar gewesen. Den Arzt hätte sie ja noch verstanden, obwohl der ein Ausländer gewesen sei. Aber die Saarländerin im Bett nebenan zu verstehen, sei unmöglich gewesen.
In Pommern hätten die Leute vom Land zwar auch immer Kopftücher getragen, aber die hätten wenigstens ein Deutsch gesprochen, das man verstehen konnte. Wenn ihre Bettnachbarin mit ihr oder mit ihrem Besuch Saarländisch gesprochen hätte, habe sie kein Wort verstanden.

Die wäre beschdimmd all aus'm hinnaschde Baureägge vumm Saarland gewehn, dord wo mà heid ìmmà noch Kobbdieschà ahn hädd. De Kurt hodd's Selma gefròhd, ob die nääwedraan villeischd e Türkin gewehn wää. *Saad's Selma:* "Bestimmt nicht! Das ganze Saarland ist doch rückständig. Hier wohnen doch nur arme Leute. Das sieht man schon an den „Putzbauten". An den verputzten Häusern. Bei uns in Norddeutschland sind die Häuser alle aus Klinkersteinen. Nur die Häuser der armen Leute sind verputzt."
Dòh war de Kurt awwà ganz annàrà Aansischd.
Er saad: "Das ist hier eher umgekehrt. Im Saarland gibt es die meisten Eigenheime pro Bürger. Und die wohnen in Steinhäusern und nicht in aus gebranntem Lehm gebauten Behausungen. In Norddeutschland gibt es ja keine Steine im Boden, nur Lehm, sonst würden sie dort auch mit Steinen bauen. Dort muss man sich Bausteine extra brennen, wollte man nicht in Lehmbauten wohnen. Bei uns sind die meisten Häuser aus Natursteinen gebaut und dann verputzt worden. In unserer Tradition ist es so, dass meistens die Leute, die kein eigenes Haus haben, in einer Werkssiedlung wohnen. Nur diese Häuser sind oft aus Backsteinen gebaut. Das waren hier die Häuser der Armen."
De Kurt hodd ìmmà vàsuchd 's Selma vunn der „Hochebene" runnàholle, wo die gemennd hadd uff der, dääd sie lääwe. Geschaffd hodd'à das awwà nie.
'S Selma hadd sogar behaubd: "Aber in Norddeutschland ist alles ordentlich, akkurat und aufgeräumt. Nicht wie im Saarland. Bei uns wurde der Rasen sogar zweimal in der Woche gemäht!" *Dòhzu saad de Kurt nur:* "Na klar, wo es so flach ist, dass man morgens schon sieht. dass die Schwiegermutter am Nachmittag zum Kaffee kommt, da mäht man ja schon aus lauter Frust den Rasen."

Die wären wohl alle aus der hintersten Bauernecke des Saarlandes gewesen, wo man heute immer noch Kopftücher trage. Kurt fragte Selma, ob ihre Bettnachbarin vielleicht eine Türkin gewesen sein könnte? Sie verneinte das und behauptete: „Das ganze Saarland ist doch rückständig." Sie meinte: „Hier wohnen nur arme Leute. Das sieht man schon an den „Putzbauten". An den verputzten Häusern. Bei uns in Norddeutschland sind die Häuser alle aus Klinkersteinen. Nur die Häuser der armen Leute sind verputzt."
Da war Kurt aber ganz anderer Ansicht. Er wehrte sich und sagte: „Das ist hier eher umgekehrt. Im Saarland gibt es die meisten Eigenheime pro Bürger. Und die wohnen in Steinhäusern und nicht in aus gebranntem Lehm gebauten Behausungen. In Norddeutschland gibt es ja keine Steine im Boden, nur Lehm, sonst würden sie dort auch mit Steinen bauen. Dort muss man sich Bausteine extra brennen, wollte man nicht in Lehmbauten wohnen. Bei uns sind die meisten Häuser aus Natursteinen gebaut und dann verputzt worden. In unserer Tradition ist es so, dass meistens die Leute, die kein eigenes Haus haben, in einer Werkssiedlung wohnen. Und diese Häuser sind aus Backsteinen gebaut. Das waren hier die Häuser der Armen."
Kurt musste Selma immer von der „Hochebene" herunterholen, auf der sie meinte zu leben. Geschafft hat er das aber nie. Selma behauptete auch: „Aber in Norddeutschland ist alles ordentlich, akkurat und aufgeräumt. Nicht wie im Saarland. Bei uns wurde der Rasen sogar zweimal in der Woche gemäht!" Dazu sagte Kurt nur: „Na klar, wo es so flach ist, dass man morgens schon sieht. dass die Schwiegermutter am Nachmittag zum Kaffee kommt, da mäht man ja schon aus lauter Frust den Rasen."

De Kurt hodd garkänn „Rase". Unn dòhdriwwà war'à ganz gligglisch, weil sei Schwiehjàmuddà jòh dauànd dòh war! Er hädd also schdännisch mähje misse, um sei Fruschd abzeschiddele.
Emm Kurt seim Gaadedääl hodd er e Wies medd Blume unn Kreidà drìnn. Also hodd's Selma vumm Willm, zwische ihrem Dääl unn'em Kurt seim, e 2m hohji Tuja-Hägg blanze gelossd. Die Hägge-Demakadionslinje solld de Ungraudsòhme abhalle, der vumm Kurt seim Gaade ìmmà uff ihjà Rase *riwwà geflòh wää. Unn dann hodd'se uff äänmòh doch Gänsebliemschà emm* Rase *gehadd!*
„Ich schwöre, dass der Samen von Gänseblümchen nicht von meiner ungemähten Wiese herübergeflogen sein kann. Gänseblümchen wachsen nämlich nur in kurz geschnittenem Rasen", *saad de Kurt. Awwà es hodd nix gebrung. Nää, sie saad sogar er wär jetzd devòr vàandwordlisch, dass sei aldà Schwiehjàvaddà, de Willm, ìnn ihr'm Gras uff dà Knie e'rumrutsche missd, unn m'em Schrauweziehjà die Gänsebliemschà rausbuddele missd. De Willm saad zum Kurt:* „Was soll ich denn machen, sie will das so haben. Egal ob meine Knie das noch mitmachen oder nicht."

Nòòdelschdische
Unn dass emm Selma sei Terrass ìmmà vollà braunà Nòòdele gelääh hodd, dòhvòr war de Kurt nadierlisch aach vàandwordlisch. Die käme nämlisch all vunn der Kiefà, die er an der „Demarkationslinie" *gesetzd hädd.*
„Auf keinen Fall sind die Nadeln von meiner Zeder!", *saad's Selma.*
Dòhbei hodd der ihjà Zeedà direkt iwwà ihrà Terrass geschdann!
Die Nòòdele, die uff ihrà Terrass gelääh hann, ware 3 cm lang.

Kurt hatte gar keinen „Rasen" Und darüber war er ganz glücklich, weil seine Schwiegermutter ja ständig da war! Er hätte also ständig mähen müssen, um sich seinen Frust abzuschütteln.

In Kurts Gartenteil gab es aber eine Wiese mit Blumen und Kräutern. Deshalb wies Selma ihren Willm an, zwischen ihrem Teil und Kurts Teil eine 2,5 m hohe Thuja-Hecke zu pflanzen. Die Hecke sollte den Unkrautsamen abhalten, der von Kurts Wiese immer auf ihren Rasen geflogen käme. Trotz aller Schutzmaßnahmen wuchsen in Selmas Rasen auf einmal Gänseblümchen!

„Ich schwöre, dass der Samen von Gänseblümchen nicht von meiner ungemähten Wiese herübergeflogen sein kann. Gänseblümchen wachsen nämlich nur in kurz geschnittenem Rasen", sagte Kurt zu ihr. Doch das überzeugte Selma keineswegs. Nein, sie machte Kurt sogar dafür verantwortlich, dass sein alter Schwiegervater Willm jetzt in ihrem Gras auf den Knien herumrutschen musste, um mit einem Schraubenzieher die Gänseblümchen herauszubuddeln. Willm sagte zu Kurt: „Was soll ich denn machen, sie will das so haben. Egal ob meine Knie das noch mitmachen oder nicht."

Nadelstiche

Und dass Selmas Terrasse immer voller brauner Nadeln lag, dafür war Kurt natürlich auch verantwortlich. Sie behauptete, die Nadeln kämen nämlich von der Kiefer, die Kurt an der „Demarkationslinie", gepflanzt hatte. „Auf keinen Fall sind die Nadeln von meiner Zeder!", behauptete Selma. Dabei stand die Zeder direkt über ihrer Terrasse!

Die Nadeln, die auf ihrer Terrasse lagen, waren 3 cm lang.

De Kurt hodd'em Selma die dobbelschbitzische, 6 cm lange Kiefànòòdele unn die kòrze, äänfache Zeedàrenòòdele unnà die Naas gehall. Dann fròhd er 's Selma, ob s'e känn Unnàschied siehn dääd. Die guggd die Nòòdele noch neddemòhls aan!.
Sie hodd sogar vàsuchd, 's Hilde, uff ihr Seid ze ziehje. Doch dass hadd s'e nedd geschaffd, weil emm Kurt seins denne Unnàschied gesiehn hodd. 'S Hilde ess sogar hinngang unn hodd extra e Buch iwwà Nòòdelbääm kaafd. 'S hodd gemennd, sie kännd ihrà Muddà anhand der Bildà vunn Nòòdele vunn denne Bääm ìnn demm Buch klar mache, dass der Drägg uff ihrà Terrass nedd vumm Kurt seinà Kiefà sìnn kännd. Falsch gemennd!
Aach das Buch hodd nedd gehòlf. De Kurt hadd vàsuchd emm Selma nìmmeh emm Gaade ze begeschne. Wenn doch, dann saad'à heegschens noch: „Guten Tag", hadd sich awwà uff kä Geschbräsch medd der meh enngelòssd. Awwà selbschd wenn'à nuà vòrbeigang ìss, saad's Selma: „Und es sind doch Kiefernnadeln."
De Kurt hodd der ihr schdännische Vòrwirf sadd. Dass die Schdreidàrei uffheerd, hadd'à hald die Kiefà abgemachd Doch das ännàde nix! Kaum dass de Willm die Terrass wìddà sauwà gekehrd hodd, hann wìddà neije Nòòdele druff gelääh.
Die Kiefà war schunn zwä Jòhr vàschwunn, behaubd's Selma schdännisch noch haddnäggisch: „Auf meiner Terrasse liegen heute immer noch die Nadeln von deiner Kiefer!". Sie saad, dass ìnn denne Hägge drum'erum noch die alde Kiefànòòdele hänge dääde, unn vunn dort wird de Wind die uff ihr Terrass wehje. De Kurt saad: „Blödsinn! Da hängt keine einzige mehr."
Dann glaabd'à sei Schwiehjàmuddà dääd, hinnsischdlisch Nòòdelfall, ennlengke.
Awwà dengschde!
'S Selma machd e annàrà Iwweldädà ausfinnisch.

Kurt hielt Selma die doppelspitzigen, 6 cm langen Kiefernnadeln und die kurzen, einfachen Zedernnadeln unter die Nase.
Er fragte sie, ob sie da keinen Unterschied erkennen könne. Selma ließ sich auf diesen Vergleich nicht ein.
Sie versuchte sogar, ihre Tochter Hilde auf ihre Seite zu ziehen. Doch das gelang ihr nicht, denn Kurts Frau erkannte den Unterschied. Hilde kaufte zudem sogar extra ein Buch über Nadelbäume.
Sie dachte, sie könne ihrer Mutter anhand der Nadelabbildungen in dem Buch beweisen, dass deren Terrassenverschmutzung nicht von Kurts Kiefer sein konnte.
Fehl gedacht! Auch das Buch half nicht.
Kurt versuchte Selma nicht mehr im Garten zu begegnen. Bestenfalls sagte er noch: „Guten Tag", ließ sich aber auf keine Diskussion mit ihr ein.
Aber selbst wenn er nur vorbeiging, bemerkte Selma: „Und es sind doch Kiefernnadeln!"
Kurt hatte ihre ständigen Vorwürfe satt. Um den Streit zu beenden, fällte er die Kiefer.

Auch das nutzte nichts! Kaum dass Willm die Terrasse gefegt hatte, lagen wieder neue Nadeln darauf. Obwohl die Kiefer nach zwei Jahren längst verschwunden war, behauptete Selma stoisch: „Auf meiner Terrasse liegen heute noch die Nadeln von deiner Kiefer!".
Sie behauptete, dass in der benachbarten Hecke noch alte Kiefernnadeln hingen, und von dort wehe der Wind die Nadeln auf ihre Terrasse.
Kurt sagte: „Blödsinn! Da hängt keine einzige mehr."
Seine Schwiegermutter schien, bezüglich des Nadelfalls einzulenken.
Aber denkste!
Selma machte einen anderen Übeltäter aus.

Sie dääld 'em Kurt, medd, dass die Nòòdele vunn sei'm Tannebaam käme. Dòhbei siehn die Tannenòòdele doch deidlisch annàschd aus, als die vunn Zeedàre!

Die mäschdisch Tann hadd de Kurt lang vòrdemm, dass de Willm emm Selma sei Zeedà gesetzd hodd geblanzd. Die Tann war 20 m weit vunn der Zeedà wägg. So weid, dass mà ihr Nòòdele uff die Terrass hädd draan misse!

Em Gerda sei Nòòdelgezeedà iss'm Kurt so uff de Geischd gang, dass'à aach noch die Tann abgemachd hadd. 'S war awwà nedd Schluss medd Vàdäschdischunge. Jetzd war'em Kurt sei Lärschebaam imm Visier!

Die Lärch war jetzd schuld, obwohl der Baam sogar 30 m weid wägg geschdann hodd! Als Vàschmutzungs-Beweiß behaubd's Selma: „Meine Zeder ist ja schließlich ein immergrüner Baum. Diese Bäume sind – wie es schon heißt – immer grün und welken nie. Also können sie auch nie braune Nadeln bekommen. Die Lärche solltest du fällen."

Uff sowas konnd de Kurt nur de Kopp schiddele. Unn als 'à grad wägggehn wolld, saad's Selma, enn'rà Anwandlung vunn Großherzigkääd: „Du kannst damit noch bis kurz vor Weihnachten warten. Dann kannst du die Baumspitze ja noch als Christbäumchen verwenden!"

De Kurt vàbiss sisch's Lache unn fròhd: „Als kahlen Strunk?" „Wieso?", *fròhd s'e.*

„Mei liewà Mann! Was hann isch doch fà e unvàbessàlischi Botanigàrin als Schwiehjàmuddà!", dengkd de Kurt

Dass es Selma e gescheidi Botanigàrin war, hadd se aach dann ìmmà bewies, wenn's um de Beddseijà gang iss. Sie war der Mähnung, dass der Sòhme vunn demm Beddseijà, der inn der Wies vunn ihr'm Schwiehjàsohn gewachs iss, ihr Rase reschelreschd vàhunntzd hädd.

Sie eröffnete ihm, dass die Nadeln von seinem Tannen-Baum sein müssten. Dabei sahen Tannennadeln doch auch völlig anders aus als Zedernnadeln!
Die mächtige Tanne pflanzt Kurt lange bevor Willm Selmas Zeder setzte. Die Tanne stand 20 m weit von der Zeder entfernt. So weit, dass man ihre Nadeln auf die Terrasse hätte tragen müssen!

Selmas Nadelgezeter ging ihm so auf den Geist, dass er auch noch die Tanne fällen ließ. Damit war aber noch nicht Schluss mit den Verdächtigungen.
Jetzt hatte Selma Kurts Lärchenbaum im Visier!
Die Lärche war jetzt schuld, obwohl der Baum sogar 30 m weit weg stand! Zur Begründung ihres Verdachtes überraschte Selma mit folgender Feststellung: „Meine Zeder ist ja schließlich ein immergrüner Baum. Diese Bäume sind - wie es schon heißt - immer grün und welken nie. Also können sie auch nie braune Nadeln bekommen. Die Lärche solltest du fällen."
Kurt schüttelte den Kopf. Und als er sich gerade von ihr abwenden wollte, sagte Selma, in einer Anwandlung von Großherzigkeit: „Du kannst damit noch bis kurz vor Weihnachten warten. Dann kannst du die Baumspitze ja noch als Christbäumchen verwenden!"
Kurt verbiss sich das Lachen und fragte: „Als kahlen Strunk?"
Sie fragte: „Wieso?"
„Mein lieber Mann! Was habe ich doch für eine unverbesserliche Botanikerin als Schwiegermutter!", stöhnte Kurt.
Dass Selma eine gescheite Botanikerin war, hatte sie auch immer dann bewiesen, wenn es um Löwenzahn ging. Sie war der Meinung, dass der Samen des Löwenzahns, der in der Wiese ihres Schwiegersohns wuchs, ihren Rasen regelrecht heimsuchte.

„Diese Pflanze ist das schlimmste Unkraut in deinem Garten, und dazu ist sie auch noch giftig."
Als s'e das gesaad hodd, hadd s'e ihr Schwiehjàsohn ìnn seinem Patriotismus awwà schdark gekrängd gehadd. Dòh saad der zu der: „Gut, dass Norddeutsche wie du sich daran vergiften. Dann haben wir Saarländer endlich mehr Löwenzahn zum Essen!"
Nääwebei gesaad, sei Hilde ìss jòh aach aus'm Norde, awwà die hodd er, gleisch wie s'e enn's Saarland kumm ìss, gleisch medd Beddseijasalaad integrierd. Ìmm Januar fròhd die schunn: „Ist der Löwenzahn schon gewachsen?" *Wenn's dann soweit ìss, hadd de Kurt denne noch nedd geschdoch, dann schdelld die schunn die Bròòdgrumbiere uff, die ìmmà unnà de Beddsäschà-Salaad gemischd werre. Rischdische Bròòdgrumbiere konnd's Selma nedd mache. Die hadd ihjà* Bratkartoffel *ìmmà aus gekochde unn nedd aus rohe Grumbiere gemacht. Beim Kaafe vunn Grum-biere war die annàràseids so peniwwel wie bei dà Zeedà-nòòdele. Uff'm Markt hadd die die Vàkeifàrin ìmmà ganz dòòrisch gemacht, Sie grabbschd jedi Grumbier aan unn suuchd solang bis s'e e Handvoll fennd, an denne s'e nix auszesetze hadd. Äänmòhl ìss s'e genervd vumm Markt zerigg kumm unn saad:* „Im Saarland gibt es ja nichts Vernünftiges. Im Norden bekommt man alles frisch aus Holland. Das ist immer eine prima Qualität."
Dòh saad de Kurt zu der: „Dann brauchst du nur bis Samstag zu warten, dann kommt immer der Kohlenhändler durch unsere Straße gefahren. Der verkauft auch Kartoffel, die aus Holland kommen."
Das hadd zwar nedd geschdimmd, weil der nur Pälzà Grumbiere vàkaafd, awwà er wolld mòhl siehn, ob s'e dass mergd.
Samschdaachsmorjens schdehd's Selma vòrm Haus unn waad uff denne Lkw medd Grumbiere.

„Diese Pflanze ist das schlimmste Unkraut in deinem Garten, und dazu ist sie auch noch giftig", beschwerte sie sich. Das kränkte den Kurt aber in seinem Patriotismus zutiefst. Aufgebracht sagte er zu Selma: „Gut, dass Norddeutsche wie du sich daran vergiften. Dann haben wir Saarländer endlich mehr Löwenzahn zum Essen!"

Nebenbei gesagt, Hilde kam ja auch aus dem Norden, aber Kurt hatte sie, kaum dass sie ins Saarland kam, mit *Beddseijasalaad* (Löwenzahnsalat) integriert. Heute fragt sie sogar immer im Januar schon: „Ist der Löwenzahn schon gewachsen?" Wenn es dann soweit ist und Kurt noch nicht einmal mit dem Ernten fertig ist, stellt sie schon die Bratkartoffeln auf, die unter den Löwenzahn-Salat gemischt werden.
Richtige Bratkartoffeln konnte Selma aber z.B. nicht machen. Sie machte die Bratkartoffeln immer aus gekochten anstatt aus rohen Kartoffeln (*„Grumbire"*).
Beim Kartoffelkaufen war sie so penibel wie bei den Zedernnadeln. Auf dem Wochenmarkt brachte sie die Verkäuferinnen stets zum Verzweifeln. Sie fasste fast jede Kartoffel an und prüfte alle solange durch bis sie eine Handvoll fand, an denen sie nichts auszusetzen hatte. „Im Saarland gibt es ja nichts Vernünftiges. Im Norden bekommt man alles frisch aus Holland. Das ist immer eine prima Qualität." Kurt meinte dazu: „Dann brauchst du nur bis Samstag zu warten, dann kommt der Kohlenhändler durch unsere Straße gefahren. Der verkauft auch Kartoffeln, die aus Holland kommen."
Das stimmte zwar nicht, weil der Händler nur Pfälzer Kartoffeln im Angebot hatte, aber er wollte mal sehen, ob Selma das merken würde.
Samstagsmorgens stand Selma vor dem Haus und wartete auf den Lkw mit den Kartoffeln.

Der Lkw kummd die Schdròòß e'runnà, unn der Kerl wo hinne druff geschdann hodd, ruft vunn weidem schunn: „Grumbiere, Grumbiere." Als der nähjà kumm iss, hadd's Selma 'ne aan unn saad: „Haben Sie auch Kartoffeln?" Dòh schreid der die aan unn saad: „Was ruf'n isch die ganz Zeid!"

Der Lkw kam die Straße heruntergefahren, und der Kerl, der hinten auf der Ladefläche stand, rief von weitem schon: *„Grumbiere, Grumbiere."* Als der Wagen sich Selma näherte, hielt sie ihn an und fragte: „Haben Sie auch Kartoffeln?" Da schrie der Verkäufer sie an und sagte: *„Was rufe ich denn die ganze Zeit?"*

7. Schukrutt wie Gudd!

Em Kurt sei Freind Schorsch – also der, denne's aach an dà Bruschd gegriwweld hodd – war e Grumbier-Liebhawà. Er war e guddà Ess'à. Nòh jedà Radtour haud der e'rìnn wie e Brunnebutzà.
Vunn Bròòdgrumbiere medd Lyonà oddà Baureschwänz medd Sauàkraud, oddà Sauàkraud medd Sòlbàfleisch unn Werschdschà, kann der riese Dräschà vàdrigge.
Dòhvòr hadd de Kurt demm zum Gebòrdsdaach mòhl das dòh Gedicht gemachd:

    De Schorsch schdeschd medd dà Gawwel,
      demm Wärschdsche ìnn de Nawwel.

    De Bauchschbegg feischd unn fedd,
      denne fressd'à um die Wedd.

    An Senef fa's Schweineribbsche,
      dòh reischd'em graad e Dìbbsche.

    Dann mammpfd'à mäschdisch Sauàkraud,
      vàfressnà als e Bauà kaud

    Selbschd all Wacholldàbeere,
      die dudd de Schorsch vàzeehre.

    Sei Fraa wolld'ne ermahne,
      unn vòr dà Folsche warne.

    Doch er saad nuà: Mei Liebling,
      's rudschd nedd, gäbb mà Riesling!

    Dann rülbsd'à laud vànehmlisch
      unn mennd 's wär ze weenisch.

Choucroute (Sauerkraut) wie gut

Kurts Freund Georg – also der, den es auch schon an der Brust gejuckt hatte – war ein Kartoffel-Liebhaber. Er war ein guter Esser. Nach jeder Radtour schlug er sich immer den Magen voll.
Von Bratkartoffeln mit Lyoner oder „Baureschwänz" (gekochte Reibekartoffel-Würstchen) mit Sauerkraut, oder Sauerkraut mit Kassler und Würstchen kann er riesige Portionen verschlingen. Deshalb hat Kurt ihm zum Geburtstag mal folgendes Gedicht gemacht:

>Der Georg sticht mit der Gabel,
>dem Würstchen in den Nabel.
>
>Den Bauchspeck, feist und fett,
>den frisst er um die Wett!
>
>An Senf fürs Schweinerippchen,
>da reicht ihm grad ein Töpfchen.
>
>Dann schlingt er mächtig Sauerkraut,
>verfressener als ein Bauer kaut.
>
>Selbst die Wacholderbeeren,
>die tat der Georg verzehren.
>
>Seine Frau wollt' ihn ermahnen,
>und vor den Folgen warnen.
>
>Doch er sagt nur: „Mein Liebling,
>es rutscht nicht, gib mir Riesling!"
>
>Dann rülpst er laut vernehmlich
>und meint es wär' zu wenig.

*Unn läggd noch ab die Pladd,
medd allem, was s'e hadd.
Er fiehld sisch voll unn rund
unn mennd das wär gesund.*

*Doch schnell wie ein Arabà,
vàschwìnnd'à emm Rhabawà.*

*Unn mennd àlään vorm Beerebeisse,
zerreißd's 'ne jetzd beim Sch.....!*

GüDie

Und leckt noch ab die Platte,
mit allem, was sie hatte.

Er fühlt sich voll und rund
und meint das wär' gesund.

Doch schnell wie ein Araber,
verschwand er im Rhabarber.

Und meint' allein vom Beerenbeißen,
zerreißt's ihn jetzt beim Sch...!

Noch 'e Gedischd
Es Selma war aach enngelaad zum Gebòrdsdaach unn hodd sisch vòrschdbar iwwà das Suàkraudsgedischd uffgereeschd. „Da sieht man's mal wieder! Saarländer essen ungesund und haben keine literarisches Niveau!", saad s'e. Gradzelääds hadd de Kurt dòhdruff noch e Gedichd gemachd. Zum Selma saad'a 's wär fà sei Enkel, damedd die wisse wo s'e här kumme – falls s'e mòh enn's Reich oddà nòh Ameriga auswannàre sollde.

Saarland

Land am Rand, - hiwwe unn driwwe unbekannd!.
Das schmerzd! – Leischd du doch ìnn Europas Herz!

Oft geschoob – unn bedròòch,
Ìmmà senn Fremde iwwà disch wäggezòh.
Endweedà die Breiße oddà de Franzoos.

Sie hann disch beschengd – unn gekrängd,
Hann disch dòrschbòhrd – unn vàrohrd,
gesindàdd unn vàbrannd.
Vàkannd, ìnn Gedangke ìnn's Graue vàbannd.
Wolle disch sogar ufflöse, medd föderalem Getöse.

Saarland
Dei ìnnàres Gedärm leihd uff.
ess ìnn Schlammweihjàre vàsuff.
Disch hadd's gedroff.

Noch ein Gedicht
Selma war auch zu Georgs Geburtstag eingeladen und hatte sich sehr empört über das Sauerkrautsgedicht geäußert. „Da sieht man's mal wieder! Saarländer essen ungesund und haben kein literarisches Niveau!". Zum Trotz darauf machte Kurt noch ein Gedicht. Er sagte zu Selma es wäre für seine Enkel, damit die wüssten wo sie herstammen – falls sie mal ins Reich oder nach Amerika auswandern sollten.

Saarland

Land am Rand. – Hüben und drüben
unbekannt!
Das schmerzt! – Liegst du doch in Europas
Herz.

Oft geschoben – und betrogen
Immer sind Fremde über dich hinweg gezogen,
Entweder die Preußen oder die Franzosen.

Sie haben dich beschenkt – und gekränkt.
Man hat dich durchbohrt – und verbohrt,
gesintert und verbrannt.
Verkannt und gedanklich ins Grau verbannt.
Wollen dich sogar auflösen – mit föderalem
Getöse,

Saarland.
Dein inneres Gedärm liegt offen.
Ist in Schlammteichen ersoffen.
Dich hat es getroffen.

Kòhleschdärzblatz breißischà Jungkà.
Heinitz, Itzenplitz, Mellin. – Alles ess hinn.
Geblieb senn nuà Ruine unn Bungà.

Bischd gefläddàd fà Bläsche.
Haschd brennende Halde unn doode Bäsche.
Du haschd bezahld die Zesche.

Ìnn Krieche vàròbbd.
Mìdd zwei Kuldure emm Kobb.
Dròtzdemm gemobbd.

Awwà nie ganz besieschd.
Weil Geduld iwwàwiehd.
Die ìmm Herze liehd.

Saarland

Wer disch dòrschwannàd, sei Herz vàangàd.
Wie die Wòrzele vunn dà Buche,
ìnn Kohle unn Sand.
Ìnn das dòh Land.

Denne ziehd's zum Viez.
Zum Bieà ìnn lischde Wäldà.
Zum Schwenk ìnn warme Feldà

Saarland,

Du werrschd nedd daawe.
Mir heile dei Naawe.
Das wolld' isch dir saache.

Du warst Kohlensturzplatz preußischer Junker.
Heinitz, Itzenplitz, Mellin, – alles ist hin.
Geblieben sind Ruinen und Bunker.

Du wurdest geschunden für Bleche.
Hast schwelende Halden und tote Bäche.
Du zahltest die Zeche.

Wurdest in Kriegen zersägt.
Bist durch Kulturen geprägt.
Und dennoch geschmäht.

Wurdest aber nie ganz besiegt,
weil Geduld überwiegt.
Die im Herzen liegt.

Saarland.

Wer dich durchwandert, sein Herz verankert,
wie die Wurzeln der Buchen, in Kohle und Sand.
In dieses Land.

Den zieht's zum Viez.
Zum Bier in lichte Wälder.
Zum Schwenken in warme Felder.

Saarland.

Du wirst nicht darben.
Wir heilen deine Narben.
Das wollte ich dir sagen.

Lesehilfe: Rheinfränkisches Saarländisch (östl. v. geschrieben mit *accent graph (fr.)*, also: **ò**. Diese Lösung wird nicht jeder phonetischen Nuance gerecht. So kann „komm" als *kumm* oder *kòmm* variieren. Ob **u** oder **ò** gebraucht wird, hängt u. a. von der beabsichtigten Intention der Betonung des Wortes ab, so z. B. das **o** als *u* oder *ò* in: von, vom und schon.
Nach Vokalen verdoppeln sich häufig die Konsonanten. Andererseits wird die Aussprache von Vokalen auch häufig durch Verdoppelung in die Länge gezogen. Das „er" am Wortende wird immer zu kurzem *à* (wie im französischen *à cotée*), z.B. bei Wass*er* = *Wassà*. Auch **r** kann zu *à* werden., Ein „p" spricht man weich wie **b** aus; „t" wird - außer vor „z" - zu *d,* bzw. nach Vokalen zu *d.* Ein „ich" gibt es eigentlich nicht, es wird i. d. R. zu *sch*. Oft schwankt die Aussprache eines **i** zwischen **ì** und **e**. Diesem **e** folgen meistens Doppel-Konsonanten um die Aussprache zu beschleunigen.

Wortbeispiel

aber	– *awwà*	durch	– *dòrsch*	ich	– *isch*
Abend	– *Òhwend*	Ecke	– *Ägge*	in	– *ìnn*
an	– *ann/aan*	eins	– *ääns*	im	– *emm*
Bett	– *Bedd*	Eingang	- *Enngang*	immer	– *ìmmà*
Bruder	– *Brudà*	Frau	– *Fraa/Meins*	ihm	– *demm*
bis hier	– *biss dòh*	Gasse	– *Gass*	ist	– *ess*
bin	– *benn*	gerade	– *graad*	nein	– *nää*
bekommen	– *grìdd*	gestern	– *gäschdà*	heute	– *heid*
bisschen	– *bisje*	gehabt	– *hodd*	nichts	– *nix*
dein	– *dei*	hatte	– *hadd/hodd*	nichtmehr	– *nimmeh*

hinein- (e')rìnn/ninn	sind – senn	vor – vòr / vòà
nicht – nedd/Nudd	Straße – Schdròòß	vorbei – vòrbei
hinten – hinne	Türe – Dijà	Wäsche – Wäsch
Opa – Oba	über – iwwà	Weg – Wääsch/Wäj
Rost – Rooschd	und – unn	weg – wägg / fòrd
schon – schunn	unten – unne	wenig – weenisch
schön – scheen	unter – unnà	wir – mià /mir
sein /seine – sei	Vater – Vaddà	wird – werrd
seine Frau – Seins	viel – vill	Wurst – Wòrschd
Sie – Ääs/Die	von – vunn	Wolken – Wolge
schlafen – schlòòfe	vom – vumm/vòmm	Zug – Zuuch
sehen – siehn	vorne – vòrm	zwei – zwä

Satzbeispiele

Wir werden mit dem Flugzeug verreisen.
Mà werre medd'em Fliehschà wegfahree.

Gehen wir diesen Weg?
Gehen mà denne dòh Wääsch / Wäj?

Bestreichen Sie ihr Marmeladenbrot zuvor noch dick mit Butter?
Mache S'e sisch aach vòrhär ìmmà de Buddà diggà uff ihjà Sießschmiejà?

Die widerwärtig schmeckende Wurst nehme ich nicht mit!
Der deedàlische Wòrschd holl isch nedd medd!

Er sprang in den Bach!
Der ìss enn die Bach gehubbsd!

Der Autor

Günter Diesel wurde 1941 im Saarland geboren. Er ist Dipl. Ingenieur und hat Architektur studiert. Diesel ist also nicht von der schreibenden Zunft, doch mit der gleichen Phantasie wie sie in seinem Beruf gefragt war, lässt er sich Geschichten und Reime einfallen die er in Lesungen vorträgt.
Er ist – trotz des gelegentlichen bundesdeutschen Abredens von eigenständigen Merkmalen der Saarländer – ein bekennender Saarländer.

Oft schreibt Diesel in seiner Muttersprache, dem saarländischen Rheinfränkischen, wie es in der Region in Saarbrücken und östlich davon gesprochen wird.
Wie anderen Autoren ist es ihm ein Anliegen die regionale Identität der Saarländer sichtbar zu machen. Und zwar durch die Erzählung kurioser Ereignisse, in denen sich das typische Agieren seiner saarländischen Landsleute offenbart. In diesem Buch präsentiert er seine Erzähljungen in Saarländisch mit Übersetzung ins Hochdeutsche sowie – optisch verdeutlicht – mit 25 Skizzen.

Wie Saarländer durch ein Heranwachsen im Hin und Her zwischen Deutschland und Frankreich sowie durch den Kohlenbergbau in ihrer Mentalität geprägt wurden, das hat Diesel, mit der Erzählung seines eigenen Werdegangs, in seinem Buch „Kohlenstaub und Lustfluchten" beispielhaft aufgezeigt. Mehrfach hat er auch in Malereien die saarländische Landschaft dargestellt und sich im Umweltschutz ihrem Erhalt verschrieben. Ironisch-heiter berichtet er darüber in seinem Büchlein „Öko Üblich; der Umweltschützer."

Bildnachweis:
Alle 25 Zeichnungen sind vom Autor

Weitere Bücher von Günter Diesel

Kohlenstaub und Lustfluchten

Aus dem Leben
eines Saarländers

204 Seiten / 39 Fotos,
Zeichnungen und Text Kopien

Öko Üblich
Der Umweltschützer

Aus dem Leben eines
Umweltschützers

100 Seiten / 35 Geschichten in
Versform,/ 49 Zeichnungen

Kreuzschmerz und Möbelfrust

Kurt im Chaos der Schlafzimmerrenovierung

Auszug der hochdeutschen Übersetzung der Kapitel
„Kreizschmerze" und *„Madratzeliefàrung"* aus dem vorliegenden
Buch *„Glühwürmchen und Lyonerratten"*.
62 Seiten, 10 Zeichnungen